搜神故事集 2

乘龍飛天的鑄劍師

文 — 李明足
圖 — 林鴻堯

目次

2 玄妙軼聞不思議

3 穿越陰陽為情意

4 悲天憫人神仙事

5 貴得知音成傳奇

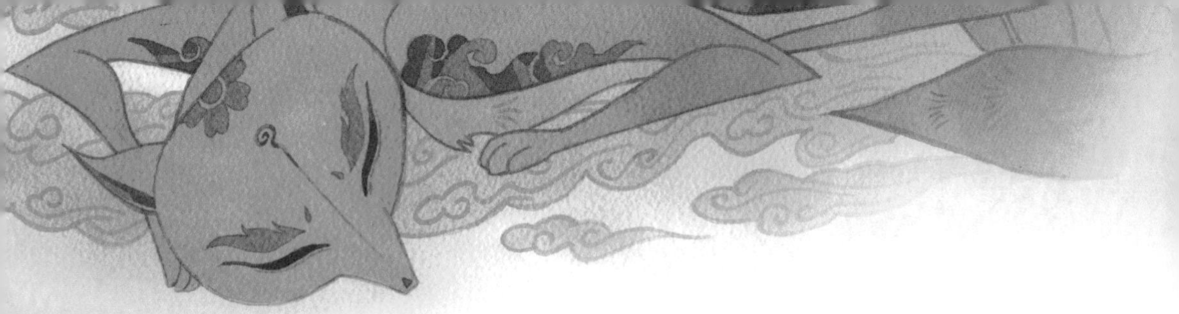

6 説奇説怪皆逸事

作者序

話說啊，彭祖七百歲的祕密及其他……

李明足

是的，這是我的第二本搜神故事集。

《搜神故事集：穿越時空的送信人》出版後，接到不少讀者回應：「下一集呢？好期待！」鼓勵的回音督促我一再拿起翻爛的《搜神記》來回翻找著：「是這篇？還是那篇更適合呢？」

「別成天翻來覆去，我們都暈頭轉向了。」從書頁首先跳出來的，還是穿著五彩布衫的盤瓠，接著種瓜的徐光道士、戲弄曹操的左慈、殺鬼秦老翁、賣鬼宋定伯、斬蛇李寄一個個站在書頁上，連智瓊、織女、嫦娥都飛出來，一個個現身。

「好呀，上一本的主角都到齊了，來得好，好多讀者說，你們在《穿越時空的送信人》的故事太精采了，想繼續看。請問接下來我該寫誰的故事？」

這時，穿青絲鞋的胡母班從主角群走出來，還是那句老話：「我們穿越時空就為了協助你。告訴我，你有什麼想法？」

「我不想被規範在原經典中，我要『端』出不一樣的故事，吸引讀者眼球，讓他們品味另一種閱讀的樂趣。」理想雖遠大，說出時有點心虛。

沒想到迎來的一陣掌聲：「勇於突破，說自己想說的故事，太好了！」

被主角們讚許後，我又弱弱的說：「但是——我想寫的故事資料很少，怕很難成文。」

「別擔心，說說看，你目前想寫那些故事？」左慈一跛一跛走過來，他的單眼中泛著既堅定又溫柔的眼神。

「首先我直覺長壽的彭祖一定有故事，可惜書上也只短短幾行說到他的姓名，還有七百多歲，常吃靈芝，文本就結束。我很好奇彭祖怎麼從夏朝活到商朝？而史上只有他能活那麼久？這七百多年他怎麼生活的？他有娶妻生子嗎？彭祖背後一定藏著許多祕密。

織女立刻呼應：「同意，彭祖的長壽故事一定很精采，大家卻只歌頌他的長壽。我曾在天庭見過，他那時是一名小仙人，因為做事勤勉負責，玉帝曾允諾他下凡體驗民情。後來聽說他長居人間，還陸續娶了五、六十個妻子，生了六、七十個孩子。我去請他來聊聊好了。」

沒多久，織女帶回一位貌似三十多歲的年輕人，自稱七百歲彭祖。我和在場的大家都嘖嘖稱奇，大呼：「不可能！」

他訕訕的說：「在《搜神記》中，我是年輕健康的，沒想到妻子們太愛我，反而造成了不堪的後果。」說著說著，他竟掉下眼淚。

其他主角們看場面不對，全都安靜回到書中。留下我和彭祖一夕長談，筆記不輟，我決定以彭祖妻子們的視角來書寫這則千古奇幻故事。

這過程讓我領略千年前干寶採集志怪故事的精神，別怕資料少，豐富紛雜的資訊都藏在古籍典故及民間軼事與傳說中，只需耐心篩選，整理釐清。我更學會不再被原典框架，從中超脫，衍生出獨立書寫的路徑。

我選的原典故事有些情節含糊的片段或不合禮法的角色，經梳理脈絡、去蕪存菁，才能修整故事，如〈給我一個適得其所的工作〉排除「關說」情節，〈羽衣仙子〉大刀闊斧修改，避免誤導「斯德哥爾摩症候群」之疑慮；〈惡作劇的代價〉將五十三字原文，增添大量野史上關於齊頃公成王後，因愚弄使臣險些葬送齊國的典故。〈叫他軍師第一名〉將主角轉為太公望，故事重心放在追溯他拜師修行，到他遇見周文王之前的境遇，凸顯他歷經磨難、人生蛻變，成為周朝軍師的故事。

有的故事結局封閉如童話：〈飛天奇人〉、〈丈夫的討債遺言〉、〈來自星星的他〉等等；也有採半開放結局，留給現代讀者思考，如：〈偷藥膏的蟬怪〉、〈天花板上的神〉、〈採藥人奇遇記〉等等。

經過數個月，終於完成三十篇。

我「故技重施」，拿起書來猛搖猛晃，這次拿的是《穿越時空的送信人》。

不久，傳來：「我穿越時空來協助你。」又是胡母班，其他主角也陸續出現。

「這次是向大家說，我終於寫完三十個故事了……」

不等我說感謝，大家搶著看初稿故事，亂成一團。

「我覺得彭祖的故事很感動。」嫦娥說。

「我比較喜歡〈焦尾琴和柯亭笛遇到知音人〉，蔡邕太了不起了。」

大嗓門的巢縣老婦說。

「你們沒有看到嗎？〈天花板上的神〉才感動。」李寄眼眶閃著淚光。

爭論中，不知誰問：「那你喜歡哪一篇故事？」

我說：「三十篇都是我用心寫出來的，我都愛，也希望讀者喜歡。」

胡母班接著說：「當然呀，讀者一定也會喜歡第二本故事。各位，我們可以安心回自己的故事中了。」

這兩本書能順利出版，首要感謝主編用心編排與校對！

本文中提到的主角們都是引自《搜神故事集：穿越時空的送信人》一書中的主要角色。

1

自古奇人異事多

彭祖和他的妻子們

一早，泰山府君的下屬判官在公堂上查閱訴狀簿。太好了，今天只有一件案子，快快結案，就可好好休息。

他向身旁鬼卒使個眼色，鬼卒有默契的朝衙門外大聲傳話：「訴訟者進堂。」

「冤枉呀！請判官大人為我們主持公道啊。」奇怪了，明明只是一樁控告薄情夫案。卻陸續進來四、五十個女子，擠滿了公堂。

判官追問：「堂下要控告何人？」她們異口同聲：「我們的夫君！」

接著，女子們七嘴八舌哭訴著自己的委屈。吵雜聲中判官暗叫：「不對呀，這些女子年紀也差太遠了，有人瑞年歲的、有老年的、有中年的、也有妙齡女子，怎會都告同一丈夫？」其中必有蹊蹺。

判官驚堂木一拍，公堂頓時安靜。「公堂之上，豈容吵吵鬧鬧？你們推派一名上前詳細說明原由。」

一個上年紀的女子站了出來，她面色仍有些許紅潤，應是剛到地府不久，她說：「眾姊妹，我初來乍到，我們夫君的事我記得最清楚，就由我來述說好了。」其他女子點點頭，默默擦去淚水，退到一邊。

「公正的判官，請耐心聽我述說原委……

我們的夫君籛鏗，是顓頊帝君的後代陸終氏的第三個兒子，非常賢能飽學，被堯帝任命為整理史書的史官，堯帝還賜給他彭城的封地，受當地百姓的愛戴，日子久了，大家都尊稱他為彭城老祖，也有人親切稱呼他「彭祖」。到了夏朝、商朝他又當了大夫官職……」

「等等——不合理啊，照你說法，你們的丈夫彭祖至少活了七、八百年了？陽間哪有活數百年的人？難道你們不知，泰山府君執行人間生死是依據生死簿的，陽壽一滿立刻把人召回地府。」

妻子代表繼續說：「判官大人您先聽我說分明。夫君辭官後，經常帶著我四處遊玩，看他上山登梯，精力旺盛、行動靈活，外表和體力像三十

多歲年輕人。所以每次夫君說自己好幾百歲，我都以為他在開玩笑。」

另一位人瑞女子也插嘴：「這位妹妹說的是實話，我二八年華與夫君婚配，他正擔任商朝大夫。每天忙不完的公務，幾十年下來，別的官員早就垂垂老矣，他腰不彎、耳不聾、眼不花，沒有一點老態。我發現他常吃靈芝養生，為了與夫君長久匹配我也跟著吃，還天天運動。但是隨著歲月流逝，我還是老病，但他的言談舉止，一樣年輕瀟灑。路人總在背後說我們是老妻少夫，害我愈來愈自卑。最嘔的是，離開陽世前一刻，我說：『夫君呀，我會在另一個世界等你。』他流著淚珍惜的握緊著我的手，卻說：『老伴呀，我會永遠留在人間的，你不要等了。放心去投胎吧。』我正想問他為什麼時，已經來到地府了。」

其他妻子也紛紛附和，「我們明明是恩愛夫妻，為何離世時他說同樣的寡情話，沒有一點依戀。難道他是花言巧語的薄情郎嗎？我們要等他來，問個明白。判官大人，為何您放任他在陽世那麼久？太不公平呀！」

「我想念夫君呢！」、「快召夫君來相會吧！」、「是呀！」、「是呀！」

堂下又是一片哀求聲。

驚堂木再次拍下，公堂才肅靜。

判官說：「我已命令參事即刻查看生死簿，算算彭祖出生於堯帝之前，至今七百多年，查閱需要一些時間，各位耐心等候。」

一段時間後，參事回報，生死簿來回找幾回，就是找不到「彭祖」的名字。

判官驚訝的站起來說：「怎麼可能？我任職以來，連前任誤漏的人都一一召回，怎會遺留一名七百歲老人在陽世？」

妻子們一聽又開始騷動起來。

那名妻子代表向前站一步：「稟告大人，我想起一件事，有次夫君酒後跟我說過一個祕密：他投胎前剛好看到生死簿上有他的名字，他擔心陽壽一到就要被召回，偷偷的把寫有他名字的那一頁，搓成細繩捲在生死簿上。當時我以為他醉酒胡謅，不以為意。現在想想，也許可以去查看查看。」

雖然聽來有些荒謬，判官還是姑且一試。命令參事把彭祖出生的那冊生死簿帶到公堂上。果真在穿繩中找到那條隱密的紙繩，打開一看，不得了！正是彭祖的生死紀錄。

「這這這——出大事了！各位彭祖的妻子，請先回去靜候，待我先向府君稟報。」說完，便匆匆忙忙趕到府君殿，詳細報告這樁奇案。泰山府君一聽，驚訝之餘，立刻上報天庭。

玉皇大帝沒想到一名小小仙人竟能逗留人間那麼久？找來當時負責審查生死簿的主事者一問究竟，原來彭祖當初在天庭協助審查各種事物，非常勤勉，主事者嘉許他，答應他可以下凡體驗人間數年。沒想到趁主事不在，他偷偷翻看地府送來審查的人間生死簿，還把記載自己生死的那一頁撕下藏匿。

雖然說，天上一日相當人間一年。算算彭祖在人間相當天庭差不多兩年光景，但也違反一般陽壽的年限。玉皇大帝於是下令泰山府君即刻召回彭祖。

鬼吏們接到命令來到彭祖家鄉，但是生死簿上沒有資料，打聽不到彭祖的蹤影。聽到鬼吏的回報，泰山府君焦慮的在殿中來回踱步。判官再去請問彭祖妻子彭祖的下落，得知彭祖辭官後，每天都會經過家鄉一座橋到郊外散步。判官心想，召回彭祖，一定要以智取，他立刻向府君獻上一個妙計。

這一天，彭祖外出散心，經過木橋時，他注意到最近有一群小孩在橋下洗東西，

水流得很急。看了幾次，他有點擔心，下去橋下提醒他們：「小朋友河水急，要小心呀，你們到底在洗什麼？」

小朋友答道：「大爺，我們要把這些黑炭，洗到潔白。」

「把黑炭洗白？怎麼可能？」彭祖忍不住大笑：「哈哈哈！我彭祖活了七百多歲了，從沒聽過木炭可以洗白的。」

話沒說完，那群孩子便團團圍住他，一把扣押住彭祖。「說得好，我們也從沒聽過，七百多歲的人生死簿上竟是一片空白。」彭祖仔細一看，他的周圍竟全是鬼吏。

隱藏七百年的祕密終究被揭穿了，彭祖默默的被鬼吏帶往地府。隨著離地府愈來愈近，他的外貌漸漸還原為七百多歲老人的模樣。才走到半路，變白的毛髮一撮一撮脫落，衰老臉龐鬆弛又凹陷，背脊彎曲到寸步難行，需要鬼吏攙扶。

地府門口處，癡心的妻子們早已守在那兒，卻等不到他們鍾愛的夫君彭祖到來，只見到鬼吏揹著一位全身枯槁的糟老頭子，匆匆趕往泰山府君殿。氣若游絲的彭祖趴在鬼吏背上，看見久別重逢的妻子們，他激動的用盡全身的力氣，卻呼喚不出一點聲音，只有老淚沿著鬼吏臂膀滴下。

除害有奇招

當有形無體的怪物攔路挑釁，精銳武力也無濟於事，一名文官卻能以智慧化解；從古至今蝗災是難解課題，連朝廷也無能為力，一名小官竟靠品行讓蝗蟲繞道而飛。到底這兩個官員有什麼除害奇招呢？

第一樁奇招發生在漢朝時期。

有一次，漢武帝帶著重要將官前往東境巡視，大隊人馬還未走出函谷關就被擋路。這個龐然大物遠看好像一輛馬車，靠近一看竟是一隻大怪物。

大怪物長得像一頭猛牛，有一雙青色的眼睛，眼珠子不停閃爍，如果人直視的話，就會暈眩；大口一張，滿嘴獠牙，發出陣陣吼叫，鼻孔跟著

噴出一團團難聞的霧氣；它的四隻腳埋在地裡，身體不停扭動，像要衝向隊伍似的。

前導騎兵先是大聲喝斥，但它不為所動；接著，拉起弓箭射向它，只見箭頭就要射入大怪物身軀，竟又一枝枝箭無聲落地。士兵拿起長槍刺它，同樣的，眼看著將要刺中，卻突來一股反彈，所有士兵竟紛紛倒地。

這時，坐在轎中的武帝，聽侍衛來報正在除路障，卻聽到外頭殺伐聲，忍不住掀起簾子想了解究竟。看到猖狂的大怪物趕也趕不走，武帝生性黷武好勝，豈能容忍怪物如此囂張，他拿起御用弓箭以百步穿楊的功夫，猛力一箭射出。

「咻——」一聲，箭頭不偏不移穿過大怪物的脖子。這神準的箭術讓武帝仰起下巴，等待將官掌聲歡呼。

然而，聽到的卻是大怪物的吼叫聲，它不但毫髮無傷，身體還變得越來越龐大，所有官兵都非常害怕。

武帝親自剷除怪物失敗，頓時臉上無光又氣又惱。他想找個下台階，便召來所有隨隊的文官說：「據寡人試驗結果，此物非尋常野獸，光用武力無法克服，正好給眾卿一個考驗，能否想出一方良策，擊退此怪？」在場文官個個低頭不敢說一句話，只有那怪獸的吼聲不斷，氣氛很尷尬。

這時一位名叫東方朔的官員，從中站出來：「啟稟陛下，卑職有一法子，可否姑且一試？灌它酒喝，如何？」全部將官一聽，都愣住，這是什麼良策呀？但武帝也想不出別的法子，心想至少有這個傻愣子和我一起失敗，場面才不會那麼難堪。他馬上下令，車隊上所有的酒都拿下來，一甕一甕灌入大怪物口中。

果真喝著酒的大怪物不再吼叫，接著大家看到一件神奇的事，大怪物的軀體慢慢變小。當車隊上所有的酒都喝完時，大怪物竟消失不見了。全場的官兵無不鼓掌歡呼。

「愛卿怎麼會想出此良策？」武帝覺得很奇怪，這是什麼怪招呀？

東方朔很謙虛的回答：「依卑職觀察推測，此地可能曾是從前秦朝最大的監獄所在，不然就是許多罪犯服苦勞的地方，很多人被關在此地都心懷怨恨，這些憂愁長時間累積之下，幽怨會凝聚成型。這就是民間流傳的一種怪物叫『患』，每當它現形，常會為害百姓。我才聯想到心中充滿憂愁的怪物，只能借酒澆愁。」

武帝聽完，佩服的說：「愛卿真是見多識廣，知識淵博，只有你才有這樣聯想的本事了。」忍不住站起身來熱烈的為他鼓掌。

另外一奇招則發生在東漢時期。

有個名叫徐栩的人，他年輕時在吳郡的由拳縣擔任小小的獄官，雖然官位很低，但因他執法大公無私，認真負責，深得當時的縣令信任和百姓的敬重，公正盡職名聲漸漸傳開來。後來經拳縣縣令向刺史推薦，上報朝

廷將他升任為小黃縣縣令。

他轉任到小黃縣，依然公正清廉，很快獲得當地的百姓愛戴。當時人民主要以農稼為主，老百姓最害怕的就是每八、九年就會遭受一次蝗蟲侵襲。只要成群蝗蟲飛過的地方，不僅百姓辛苦耕種的農作物全部被吃光，甚至連一根青草也不留。只要哪一年發生蝗災，來不及存糧的人家就遭殃，餓死的人成千上萬。

不只民間，朝廷如果聽聞蝗蟲過境，便立刻下令全國上下緊急防堵。各地刺史接獲命令後，也會開始嚴密巡視所屬的區域，考察他們如何因應蝗災。

當吳郡刺史來到小黃縣，依例請徐栩報告小黃縣執行防蝗災的措施。徐栩鄭重其事報告：「稟報刺史大人，本縣未發生蝗災，縣民依日常作息即是。」

郡刺史聽完拍案大怒：「怎麼可能？在打馬虎眼嗎？你不知周邊縣城都遭到嚴重蝗災嗎？多少縣城已經民不聊生，你卻怠忽職守沒做蝗災防護。」

「稟報大人，卑職日日尋訪農家，並未發現蝗蟲入侵，絕對不敢怠忽職守。」

「別再強辯了！其他縣城報告文書一大疊，仍在苦惱如何防蝗災；你竟寥寥數字塘塞過去，根本是敷衍了事。」

「眼見為憑，卑職懇求大人，能否隨卑職去探訪農地？」

「本官一路巡視下來，已經看過幾個縣城農地，一片黃土。不用再看了，誰知道你會不會做假？」

這話聽在一向廉潔的徐栩耳裡實在太委屈了。

「請問大人希望卑職如何做？」

「本官只想看到你完整詳細的文書報告，否則本官將上報，勒令你免職。」

「稟報大人，如果大人不滿意卑職現在這份報告的話，卑職也無可奈何了。」

刺史大怒：「那你現在就免職！」

刺史沒想到徐栩態度如此固執，憤而甩手離去。

徐栩怎樣解釋，刺史都不相信。既然清官難為，徐栩只能留下官印離開。

徐栩才辭官兩日，小黃縣的農田裡就陸陸續續傳來「嗶哩——嗶哩——」蝗蟲的吵雜聲，一群又一群的蝗蟲飛來了！隔天，農民看到即將成熟的稻子已經被吃掉一大半。個個怨聲載道，怎麼辦？大家不約而同呼喊著：「縣令回來吧！」

此時，那刺史正走出鄰近一座縣城，沒想到城門外已經圍滿跪地請願的百姓。原來小黃縣的縣民，特地來請求刺史挽回徐栩。為首的一位縣民說：「自從徐縣令來到本縣，他勤政愛民，奉公守法，因他愛民如子，本縣這些年來政通人和，連蝗蟲都不敢來本縣造次，所以我們衣食無虞。誰知他一離開，昨日蝗蟲就蜂擁而至，吃掉我們大半稻穀。青天大老爺！請救救小黃縣呀。」

刺史看到縣民如此愛戴他們的縣令，知道自己錯了。當晚快馬加鞭來到徐栩居住的小屋。一再向徐栩道歉，並告訴他縣民攔路請願一事，徐栩感動於縣民的心意，便答應回任。

自從徐縣令重新踏入縣令府那天開始，小黃縣再也看不到一隻蝗蟲飛來。當地百姓都相信，連蝗蟲都感佩徐縣令的清廉愛民，不敢隨意冒犯。

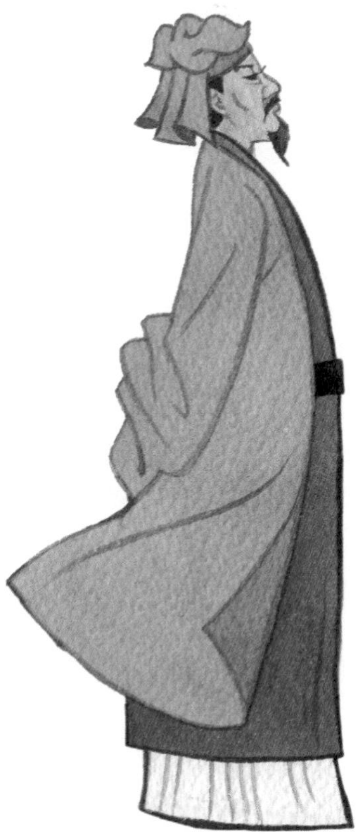

陛下的心願

算算也過了幾個月了，想念從沒間斷，為何她從未出現在夢裡？面對空無一人的寢宮，他難過的對著畫像說：「夫人！寡人做錯什麼？為何連魂魄也不願回來看寡人呢？」說著，說著，不覺淚濕龍袍。

漢武帝是漢朝雄霸天下的帝王，也是個鐵漢柔情的君主，后妃中他最寵愛的，要算當朝著名樂師李延年的妹妹李夫人了。漢武帝雖然只封她為「夫人」，後來她病亡，卻以皇后禮節厚葬她。

李夫人病逝那段時日，漢武帝整個人意志消沉，無心朝政。縱使後宮佳麗三千，他再也找不到一個像李夫人那樣溫婉秀麗，又能歌善舞的美人了。朝中上下都看得出皇上為李夫人哀傷惆悵，但是人死不能復生，除了擔心外，他們也不知如何是好？

這天，一名方士求見，自稱可以化解漢武帝的苦惱。無助的皇上立刻召見他。

方士謙和的打躬作揖，說：「小民是李少翁，自幼修練方術，遠從齊地而來，特為陛下召回李夫人魂魄。」

「你真的有辦法實現我的心願，讓我見到我的夫人，再次擁她入懷，跟她說說話嗎？」

「啟稟陛下，李夫人香消玉殞數月，魂魄已歸幽冥，陰陽分隔兩界，各有戒規，陽間人不得任意干擾，需施法七日，向地府泰山府君請求，引渡李夫人的魂魄與陛下見面。」

「只要能再見到我的愛妾，寡人全力配合安排。」漢武帝雖然覺得招魂時間太久，為了再見李夫人一面，只好耐心等候。

「請陛下描述李夫人的容貌特徵，讓小民盡快尋得李夫人。」

方士一問，漢武帝思緒凝結，望向遠方：「寡人的愛妾，有傾城之貌。烏髮蟬鬢、眉目含情、朱唇皓齒、纖纖玉指、膚若凝脂、雲步輕盈……」

一連串讚美李夫人話語，不停的自漢武帝口中流出。方士李少翁知道，君

王是多殷切期盼再見李夫人一面。

七日後，李少翁來見漢武帝，武帝迫不及待的問：「泰山府君是否准許？」

李少翁恭敬的回答：「啟稟陛下，府君本不允諾，經小民多番傳達陛下一片癡情，特別應允一刻漏時間讓陛下與李夫人會面，又李夫人是新魂，容易魂飛魄散，因此只能隔著帷帳，不能交談，亦不能碰觸。」

「不能交談，亦不能碰觸……」漢武帝千百個不情願，但等了那麼久，終於可以看到愛妾，只好勉強答應。

當天晚上，李少翁在李夫人寢宮，掛好帳幕，點上燭火，等在另一個帷帳中的武帝，就著昏暗的燭火，兩眼盯著對面羅帳。不久，羅帳出現一個身材曼妙的女子身影，慢慢站起來輕盈舞動，一舉手一投足流露嬌媚姿態，當她走近燭火亮處，那頭烏黑秀髮、眉眼間帶著情意加上溫柔巧笑，那不正是他朝思暮想的愛妾李夫人嗎？漢武帝十分激動！但不能靠近，不能交談，又令他痛苦得緊緊抓住帷幕，努力記住這一刻她美麗的模樣。

很快的，即將分別的時刻來臨，武帝再也按耐不住了，對著李夫人大喊一聲：「愛妾！寡人日夜想你，想得好苦啊。」李夫人似乎正要回頭，此時香火熄了，燭火也熄了，伴著漢武帝一聲聲的悲傷感嘆。

漢武帝拖著疲憊身子，回到皇宮。他終於見到魂縈夢牽的李夫人，完成他的心願。但是，隔著羅帳遠遠的望著，不能說話，不能靠近，又讓他覺得如夢似幻，是那麼的不真實。他感觸良多，於是提起筆來寫下一首詩：「是耶？非耶？立而望之，偏何姍姍其來遲！」意思是：「是她嗎？不是她嗎？我看到她遠遠站在那裡，為何要姍姍漫步，遲遲才來到這裡？」

詩寫好之後，他就命令樂府中的音樂專家配上曲調。每每當他想念李夫人的時候，就彈唱這首詩歌，宮裡很多人都深受感動，漸漸的傳唱開來。

叫他軍師第一名

「徒兒，你來此學道已經數十年，現在是回家鄉的時候了。」

姜尚一聽，馬上跪下：「徒兒知錯了，請師尊不要趕我走，往後會更虛心學習，專心修道。」

「你誤會了！為師並非責備你。你努力修行，為師都知道，但不是每個人天生就有仙骨可以成仙。這段時間以來觀察你每每與來訪客人談論時事，頗有見地，你滿腹經綸，通曉世局，真是難得的謀略長才呀，應該回歸凡塵，改革現今混亂的朝政。」

姜尚再次長跪磕頭：「師尊！徒兒真的知道錯了，從此以後一定潛心修煉，不再聞問世事。」

「不不！怎可將你留在山中？當今朝廷政綱紊亂，已到不可收拾的地步，穩定天下大局一定有你可以盡力的地方。日後你會知道，回凡塵是老

天的意旨呀。」說完，師尊手中拂塵一甩，飄然離去。

無辜被趕下山，姜尚雖然難過，但師尊命令不敢違抗，只好快快收拾，依依不捨的告別崑崙山。

時隔數十年回到塵世，親人多已離世，姜尚只好去投靠表兄宋異人。宋異人幼年多次受姜父幫助，如今是首都朝歌一帶成功的商人。分別數十年，突然見到姜尚，宋異人喜出望外。

「以為你上山修道會變成仙人下凡，怎麼數十年後除了鬚髮變白，還是老樣子？你到底修了什麼道？」

姜尚從入山後，挑水、砍柴、燒飯、洗衣說起，「還學了占卜、煉丹之術。」

宋異人聽完，搖頭苦笑：「數十年只學得這雜學，何以維生？如果當年跟我一起經商，也不至於現在還孤家寡人，兩袖清風。」接著，拍拍他的肩：「沒關係，往後跟著我做生意吧。」

姜尚欠身說道：「不瞞表兄，我有心投效朝廷。」

表兄一聽跳起來：「萬萬去不得！當今主上昏庸只寵信妖女妲己，無心朝政；國事皆遭奸臣費仲把持；所有忠臣進言，不是被殺就是被罷官；各地諸侯都只能自立自強。你若為官，非但不能展現長才，只怕會遭來殺身之禍。」

姜尚原來躊躇滿志，被表兄潑下一盆冷水，當下不知何去何從。

宋異人安慰他：「別急，先聽為兄的，所謂成家立業，你先成家，在朝歌做個小買賣營生，再靜候時機吧。」

於是，他聽從表兄安排，娶了一女子叫馬氏為妻，接著開店。姜尚利用生意往來之便，就近觀察收集時政消息，閒暇時學習軍事謀略、了解民意和地理形勢，做為將來入朝的參考。無心做生意的他先後開了牛肉鋪、酒家，都一再虧本，連生活也需表兄接濟。個性粗鄙的妻子馬氏，見丈夫經商無能，天天破口指謫，姜尚只是一再忍讓。

最後生活困頓的姜尚只好靠擺攤算命，勉強度日。一次，他偶然展現高明法術，制伏了一隻琵琶精，為朝廷除害，被賞封了一個下大夫的官位。這下，虛榮的妻子馬氏，對丈夫的態度立刻變得溫柔體貼。但才過幾天，據說姜尚滅妖義舉，反而惹怒了狐狸精化身的寵姬妲己，她媚惑紂王下一道無理的聖旨，想置姜尚於死地。

姜尚終於醒悟，如此荒淫無道的國君不值得為其效力，此地不宜久留，想連夜帶著馬氏離開朝歌。沒想到現實的馬氏一聽破口大罵：「在此繁華地區你都無法養我，到荒郊野外，不就等餓死，要去你自便。只要留下一紙休書，日後我好另覓良人。」姜尚沒想到馬氏不但粗俗無德，大難來時，如此薄情，求她無意，當下寫了休書，斷然離去。

姜尚一路向西，不知經過了多少時日，來到一處人煙稀少的鄉間，找到一間廢棄草屋，靠身上僅剩的銀兩勉強度日。在朝歌那段期間，看到朝政如此敗壞，姜尚失望極了，如今他所能做的，只有在江邊垂釣打發時光，以待時機。

與此同時，位在岐山下的周國，君王姬昌眼見當今朝政如此腐敗，他一心想策動諸侯反抗，可是身邊沒有能運籌帷幄的謀略之人。他想起先祖曾預言：「當有聖人適周，周以興。」但是到哪裡找到這位聖人呢？他每天苦思，非常煩悶，想想不如外出狩獵排遣煩憂，平時喜歡占卜的他，看看卦象顯示：「今天適合往渭水北方狩獵，會獵到一物，不是龍也不像龍，不是熊也不像熊，你得到的會是帝王的太師。」他看著卦象，心想：「會是我所期待的嗎？」半信半疑的微服狩獵去。

車走了好久，沒看到特別的獵物，在車內無精打采的周王姬昌就在渭水邊休息。看到遠處一名白髮白鬚老者正在垂釣，他想如果沒獵物，釣大魚也不錯。他靠近一看後有些驚訝：「老先生，這樣釣得到魚嗎？」老者的釣線離水面三尺，而且用直鉤不用彎鉤，也沒有魚餌。

姜尚輕笑：「呵呵，願者上鉤，願者上鉤啊！」

周王姬昌直覺此話中有話，立刻坐下來：「老先生，請再說詳細？」

「就像有遠大志向的君子，選擇能讓他發揮長才的君王，而不是為了豐厚俸祿，聽命無道君王任意指使。唉！你年輕人不了解當今天朝廷如何暴虐無道，有志之士多麼渴望有明君挺身而出，重新整頓天下秩序。」

周王一聽興奮的說：「老先生有所不知，我正期待志同道合的君子……」

於是，他們滔滔不絕的談起當今紂王暴政，彼此交換對治理朝政的理想。

過了個把時辰，周王起身正式向姜尚表明身分，說：「不瞞老先生，我乃周王姬昌，先祖太公有預言，我們早就在等你這位軍師了！請您隨我回周，我們一起完成振興天下的大業吧！」姜尚想起當年他離開朝歌，卦象告知要西行，原來道理在此。他欣然接受周王姬昌的邀請，便與他乘車同回周國。

姜尚全力輔佐姬昌，姬昌死後，他繼續協助繼位周武王姬發。他為周朝規劃完整又嚴謹的政治體制，率兵討伐商紂，直搗首都朝歌，推翻商朝，一統天下，建立周朝。

姜尚不愧是中國歷史上第一位軍師。

費先生說的準不準？

王旻是一位殷實的商人，他曾經連遇三次可怕的劫難，為何後來皆能化險為夷？此件事就要從頭說起……

有一年他到成都一帶經商，生意順利完成，回客棧收拾行李準備回家。店家掌櫃看他來去匆匆，就與他聊聊：「客官趕路嗎？」

「呵呵！」王旻靦腆的乾笑兩聲，說：「其實也沒事，我只是對這地方不熟，不知可以到哪兒逛逛？掌櫃可否引介貴寶地有什麼特別之處，我也想見識見識。」

掌櫃搔搔頭說：「本地是沒什麼特別風景。不過，倒是有很多人遠道而來，為求費孝先先生算卦，你要不要也去給他算個卦？」

「費先生算卦準嗎？」

「聽說他推演八卦、預測吉凶很靈驗，向他問卦的人都很佩服。」

「真有這樣神機妙算的算命師？我這就去請教請教他。」

王旻依掌櫃指點，走了近兩里路，果然看到一條清澈小河，岸上一排柳樹搖曳，盡頭一間小茅屋。王旻前去敲門：「請問費孝先先生在家嗎？」

「老夫正是費某。」來應門的是一位穿著一身白袍，白髮白鬚，滿面紅光的溫和老者。

進屋用茶後，王旻謙虛的說明來意：「我叫王旻，是一名商人，來貴寶地經商，久仰先生大名，特來請先生指點迷津。」

費孝先看看他，先問了生辰八字，依卦象卜算，然後嚴肅的對他說：「教住莫住，教洗莫洗，一石穀搗得三斗米，遇明即活，遭暗即

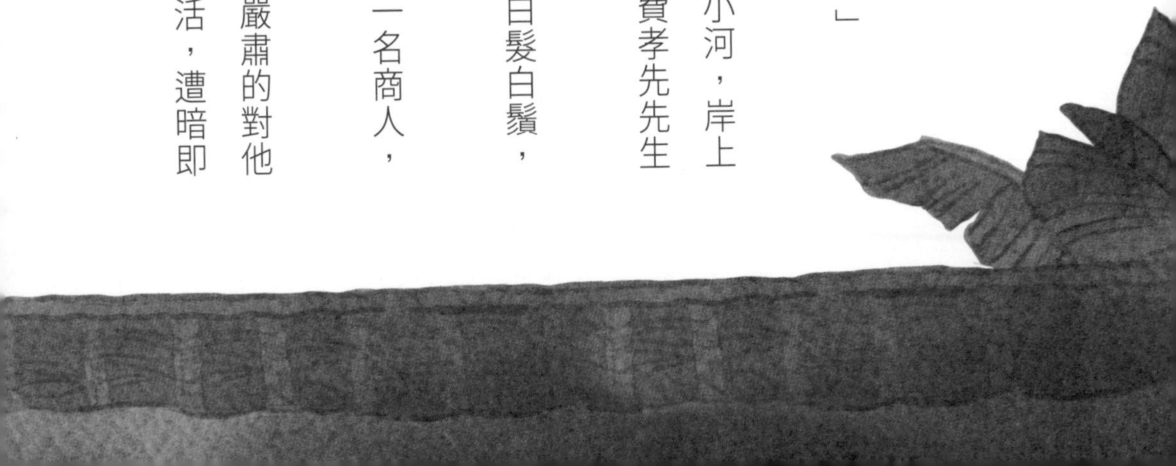

死。切記！切記！」王旻個性忠厚老實，看到費孝先算卦時表情肅穆，有些膽怯不敢多問，就告別離開。

王旻走在返家路上，反覆想著費孝先所說的話，一直理不清頭緒，越走越慢，不想下起一陣大雨。路上行人紛紛跑向前方一間屋子，熱心的路人招呼他一起避雨，他跟著大家擠進那間破舊屋子。突然，腦海裡出現費孝先跟他說的：「教住莫住！」莫非這地方不能久留？他重新背起細軟，走入大雨中，聽到背後躲雨的路人紛紛訕笑他：「傻瓜，雨這麼大，幹嘛那麼急，再等一些時候也不……」話未完，「轟！」好大聲響！王旻在模糊的雨水中，看到那間屋子，已經夷為平地。他心中默念：「感謝費先生！原來『教住莫住』是這個意思。」

沿途不敢停歇，他連夜趕回家。

進了家門，妻子立刻迎上來，說：「夫君風塵僕僕，一路辛苦了，我來幫你燒熱水，洗個澡早點休息吧！」一向冷漠的妻子突然對他非常熱情，讓他受寵若驚，他心想，許是多日不見，今晚妻子對他特別體貼了。但他一路上先是被那屋子倒塌的事驚嚇過度，又是連走帶跑趕回家，全身疲累不堪，一碰到床榻就倒頭沉沉睡去了。

妻子貼在他耳邊溫柔的說：「我可是用很多銀子買上好的木材燒火，連熱水裡都有一股香味，請夫君快去沐浴。」但王旻早已睡得不省人事。妻子忍住怒氣，再說一次，王旻依然沉睡不醒。這下妻子再也忍不住了，完全回復她平日苛薄的本性，對著王旻又踢又罵：「你這沒用的東西，才出去做一點小生意，回來就成了縮頭烏龜，只會縮著身子睡覺。」王旻一向懼內，聽到妻子兇悍，揉揉眼睛，勉強起身，顛著步伐走向洗浴間。

當他正要踏入浴間那一刻，「教洗莫洗」這句話，在他昏沉的腦海中響起來。他轉身走回臥室，說：「我一天一夜趕路，太累了，明天再洗吧。」又躺回床上去了。吝嗇又兇悍的妻子看到一向言聽計從的丈夫，竟然敢違抗她的好意，完全氣瘋了。大吼道：「你這沒用的男人，枉費我的好意，虧我花那麼多錢買好木材，就這樣浪費。你不洗，我去洗了。」

他的妻子生氣的用力推開浴間的門「碰」一聲，也敲醒了躲在門後一個黑影。那黑影拿起一把刀，用力刺向正要跨入浴盆的人。「啊！」淒厲的尖叫聲，把酣睡的王旻完全叫醒了，他跑到浴間看到妻子已氣絕躺在血泊中。這時，隔壁鄰居聽聞慘叫聲趕來，只看到王旻一手抱著妻子，一手握著刀柄，滿身是血。鄰人驚嚇之餘，馬上報官。

王旻雖然在公堂上矢口否認，可是受不了當地小官一再嚴刑拷打，最後被定死罪。王旻含冤莫白被關在監獄中等候問斬，萬念俱灰的他，想到費孝先為他算的卦忍不住哭喊著：「費孝先你說的不準呀！費孝先你說的不準呀！」這時候郡守正好來此地巡查獄政，聽到有囚犯提到費孝先的名字。當時費孝先算卦靈驗，名氣鼎盛，郡守也耳聞過。他好奇的走進監牢詢問王旻：「我聽過很多人都說費孝先卜卦很靈驗，為何獨獨你抱怨他說的不準？」

王旻把費孝先告訴他的話，轉述一次，老實的王旻說：「嚴格說來，

有一半準，一半不準。『教住莫住，教洗莫洗』，但是因為我沒去洗澡，害死我愛妻，這也不好呀，反而導致我被定死罪。所以他說的後半段『一石穀搗得三斗米，遇明即活，遭暗即死。』完全不準。」郡守反覆的咀嚼費孝先的話「一石穀搗得三斗米」，覺得此案並不單純，決定親自升堂重審。

他先了解整個案情，一般洗浴間是不被注意的地方，他妻子在浴間被殺如果不是王旻殺妻，兇手一定跟他家熟識之人。郡守請王旻把他熟悉的鄰居名字告訴他，王旻寫了五六個。

郡守看完名單，指著其中一個名字，命令衙卒立刻前去緝拿，這個人本以為神不知鬼不覺，沒想到郡守辦案如神，他一到公堂嚇得屁滾尿流，立刻認罪入獄，王旻最後被無罪釋放。

王旻特來感謝郡守，也好奇郡守何以神準找到真兇？

郡守笑說：「哈哈！費先生早就指點了。」王旻丈二金剛摸不著頭緒。

郡守詳細說明：「費先生不是說：『一石穀子只搗出三斗米』，意思是會剩下七斗米糠。剛好你給我的名單中有七康這名字，我先逮捕他，審問之下，才知道他和你的妻子私通。你這老實人，不只戴綠帽，他還和你妻子計畫在你洗澡時候謀殺你，後來陰錯陽差誤殺了你妻子。幸好你遇到我，才能為你平反，這就叫『遇明即活』。你說費先生說得準不準？」

「準！準！費先生說的準！我現在立刻去成都，當面向他道謝。」

2

玄妙軼聞不思議

採藥人奇遇記

東漢時期，會稽郡剡縣一帶最出名的採藥人就是劉晨和阮肇。各種生長在懸崖絕壁的珍奇藥草，都要靠他倆通力合作才能採到，附近郡縣的藥鋪都會委託他倆去採集。這兩人長期入險山採藥，已經培養出親如兄弟的情感。此外，他倆長得相貌堂堂，常有媒婆受託上門來說媒。兩人也希望能娶妻生子，但顧念採藥工作攀山越嶺，危險重重，怕辜負良家女子，一直不敢答應。

這天阮肇正要出門，母親急著拉住他：「媒婆三天兩頭來說媒，都是門當戶對的好人家女兒。所謂不孝有三，無後為大。到現在我們家還沒延續香火，你叫我死後如何去面對你們阮家祖先？」看著一把眼淚一把鼻涕的老母親，阮肇說：「我趕著出門，回來後定請母親作主。」母親一聽，破涕為笑：「而且王媒婆知道你和劉晨是哥倆好，這次親事是住在郊山的一對美貌如花的姊妹，正好匹配你和劉晨。劉晨沒爹沒娘，他會聽我的，你要記得跟他說喔。」拗不過母親，他隨口應著：「好！好！」才走出門口，就聽到母親後面喊著：「如果你們三天後還不做決定，我就替你們決定了。」

他們這次受託到天台山採集穀樹皮，委託人還特別叮囑，一定要天台山頂上樹幹有縱紋的穀樹皮才有藥效。天台山山勢險峻，山路崎嶇難走，山壁陡峭難攀，兩人費了九牛二虎之力登上山頂，終於找到樹幹有縱紋的穀樹，快快割下樹皮，準備下山回家。

他們沿著來時路趕路下山。不知為何，來時只要四天的路程，如今在山裡已經走了十三天還是繞不出去。身上帶的乾糧早已吃完，肚子餓得沒力氣再走。抬頭看到對面山峰陡壁上有棵桃樹結實累累，但似乎是沒路可過去。不過這挑戰可難不倒兩位能攀岩走壁的採藥高手，他倆一邊抓緊山壁上的葛藤，一邊藉著橫出的老樹幹，一盪二盪，使勁盪到對面山壁，爬上險峰，來到桃樹下。連吃幾顆桃子，暫時解飢。再攀下最近的一條溪澗

喝水，終於恢復體力。

正要轉身繼續趕路，突然瞥見上游有蕪菁葉流下來，葉子看來很新鮮。兩人互看一眼還沒開口，又有一個杯子順水漂來，杯子裡裝滿芝麻。兩人不約而同喊道：「這附近一定有人住！」二話不說，沿著溪水一面往上爬，一面吃著芝麻，劉晨說：「等一下要請問下山的路，我們不能再迷路，已經錯過交貨期了，店家會不高興的。」阮肇同意：「也要向人家致謝，幸好吃了這杯芝麻，我兩腿稍有力氣了。」

他們沿著溪流翻過一座山，山路變得比較平緩，原來的溪澗已成一條大溪流。他們順水流繼續往前走，又走了幾百步，突然聽到不遠處傳來銀鈴似的笑聲，走近一看，溪邊有兩名妙齡女子，面貌姣好、姿態柔美，一個身著粉藍絲綢，一個身著雲彩絲綢，在這人煙罕見的高山峻嶺中，從未想過竟有如此風姿綽約的美麗女子，兩人一下子都看傻了。

兩名女子看到他們拿著杯子，便笑了：「劉晨、阮肇兩位郎君，請把那個杯子拿過來。」劉晨和阮肇大吃一驚，「你們怎麼知道我們的名字？」

兩名美麗女子說：「凡是住在剡縣甚至這崇山峻嶺的人，誰不知你們兩位最厲害的採藥郎呀？」兩人一想，也對，他倆高超的採藥功夫早已遠近馳名，還有人慕名遠道而來，求找藥材的。把杯子遞給女子後，二女子像見到老朋友般，高興的說：「等你們很久了，飯菜都準備好了。」口吻親切得就像他們早已約好似的。劉晨、阮肇一時間不知如何回應，但聽到有飯菜，剛剛吃的桃子早就消化，兩人下意識的摸摸肚子，肚子便不聽使喚的咕嚕咕嚕響起。粉藍女子巧笑向阮肇招手：「沒關係，進來吃飯了。」雲彩女子過來拉著劉晨的手走進屋舍。

屋裡還有幾位婢女忙進忙出，阮肇突然想起上山前與母親的對話，他快快的跟劉晨述說媒婆來說媒一事。莫非山中迷路期間，母親已經安排好兩人的婚事，而恰巧兩名女子就住在對面山頭？如果是這樣，美麗女子稱他們郎君就合理了，這樣一想，劉晨和阮肇覺得自在許多。

不久，婢女端出芝麻飯、山羊肉、牛肉等等美食和美酒，用餐之間還為他們彈奏音樂，酒酣耳熱時劉晨跟阮肇說：「這跟新婚沒兩樣嘛。」阮

肇帶著醉意點頭說：「沒想到我們的大喜之日辦在這深山中，很特別。可惜我娘無法爬山，改日再下山叩謝老母。」當晚酒足飯飽後，劉晨與雲彩女子，阮肇與粉藍女子各自進入羅帳。

他們就這樣過了十餘日神仙似的美好時光。天氣開始變寒了，劉晨、阮肇想該帶新婦回去見母親，並且向藥鋪交貨。雲彩女子說：「快要下雪了，山路難走。我山下親人已代為探望老母，她老人家安好，別擔心，你們的藥草也託人送去藥鋪了。」兩人覺得新婦非常體貼，再多住個幾日無妨，這一住又過了半年。

當第一聲春雷響起，萬物復甦，綠芽新草，花綻鳥鳴。看著山頭雪融，綠意盎然，更加想念山下親友，尤其阮肇半年多不見老母非常牽掛。任兩名女子苦苦要求，這次他們執意下山。兩名女子送他們到那棵桃樹邊，對他們說：「怎麼來，怎麼去，你們會找到回家的路。」

果然，這次他們下山非常順利。他們興奮的回到縣城，先到阮肇家，但屋子破舊不堪，裡面住的全是陌生人。他們又趕到藥鋪子，藥鋪子已經翻新，裡面的掌櫃也換人了。他們忍不住問：「原來掌櫃張大呢？」現在的掌櫃覺得他的問話很奇怪：「那是我們的祖先，我是他的第十代孫子。」他倆一聽驚訝的跌坐在地。再去詢問街坊，他們所認識的人早就都作古了。

原來他們在山上半年多，山下已經過了十世代。親人都已經離世了，此地無留戀之處，他們決定回去佳人身邊，至少是他們在世上唯一的親人。

當他們再次走往天台山，路上遇見一位樵夫，問起他們為何上山？他們說要回天台山對面的山峰。

「萬萬去不得！那座山是仙女神峰，我們凡人走不進去的。聽說如果進得去，也沒有人能活著走出山。」兩人一聽，又是大驚，原來他們遇到的是仙女。樵夫離開後，他們杵在原地。

去？還是不去？

傍晚時分，山裡雲飄得很低，天色暗得快，長長的山路上，兩人的腳步聲漸漸掩沒在雲霧裡。

撒豆成兵

混亂的兩晉時代中，能以多方本領安處亂世的奇才應屬郭璞了。他不只是聞名遐邇的文學家，又精通風水、占卜、命相、擇日等等道術。凡是領教過他精準卜卦吉凶和命理推演的人，無不佩服，當時大家都尊稱他為「風水師第一人」。

其中他以絕妙的法術，布下一局「撒豆成兵」，最為後世拍案叫絕。這是一個怎樣的奇招？讓我們話說從頭……

西晉末年發生了八王之亂，這場動亂從宮廷內鬥開始，隨後引發戰爭，殃及無辜百姓。當時郭璞身在北方，他屈指一算，這場戰亂將會帶來晉朝政局大變革，戰火很快會由北方向外延燒，一時半刻不會平息，於是他決定去南方避難。

他先去拜會在盧江郡任職太守的朋友胡孟康。他對胡孟康說：「我們已是多年老友，今天來看望你是想告知你，前些日子我夜觀星象發現，目前戰火雖然在都城，但不久便會擴展到南方來。昨日我又仔細占卜一番，依卦象看來，快則一個月，慢則三個月，胡人將進軍盧江郡城。所以我特來勸您，趁現在盧江郡城仍屬太平，趕快準備好行囊，一定要渡過長江，往南方去才能平安無事。」

聽完郭璞的話，胡孟康心裡嘀咕著：「不久前丞相才提拔我升任軍政參事。這光宗耀祖的官位，我已經等待多少年？如果現在放棄，甩手南下，那我這些年官場上的努力豈不成泡影？」同時，他心中還有個疑問：「大家都說郭璞是未卜先知的大相士，但是今天見面時，只聽他稱我為『太守』，難道他沒有算出來，我現在已經是堂堂的『軍政參事』了嗎？」

一想到這裡，他頓感不屑，心想，大家都說郭璞有多厲害，現在看來也不過爾爾。但來者是客，又不好當面拒絕郭璞的好意，就委婉的說：「感激好友特來提醒！現在看來京城不過是皇族內亂，應該很快會較量出一位合適的君王。朝廷兵力還非常強盛，胡人不敢貿然入侵中原的。而且我現在升官了，公務繁多，如果一走了之，實在愧對百姓，等我將公務辦妥，再渡長江南下。」

郭璞心裡明白，胡孟康眷念「軍政參事」這個有名無實的官位，基於好友情分提醒他，他不接受也沒辦法。但郭璞決定接受好意，留宿幾日後再繼續南下。

留宿期間，太守派一位婢女侍奉他起居。這位婢女雖然一襲青色布衣，但長得特別秀麗可愛，應答與氣質不同於一般婢女。郭璞一見傾心，與她閒聊中得知婢女原來是官宦人家的庶女，父親因罪入獄，才被賣至官府為婢。郭璞非常喜歡她，有意納她為妾。婢女耳聞郭璞是一名風流才子，數日來觀察他個性正直，待人謙和，也有幾分好感。

郭璞迂迴探問太守，能否在眾多婢女中，選一位婢女陪他到南方。太守總是顧左右而言他，婉轉拒絕。看來太守不願割愛，郭璞只好苦思用什麼法子才能贏得這位美人？

當晚，他從廚房拿來三斗紅豆，將紅豆撒在胡孟康府宅的四周。

隔天，胡孟康一覺醒來，正要跨出房門，守衛緊急來報：「稟報太守大人，太守府四周被三千多名紅衣兵士團團包圍。」

「什麼？」太守走出府宅一看，密密麻麻的紅衣兵士站立在太守府周遭。「這是怎麼一回事？」他先是大吃一驚，隨後馬上鎮定精神，擺出太守架式，對著這群來路不明的紅衣兵士，大聲喝斥：「來者何人？為何圍住我府宅？」說完，等了半晌工夫，紅衣兵士只是怒視著他，好像與他有仇似的。於是太守大膽走向他們，奇怪的是，當太守一靠近，紅衣兵士便瞬間消失，這使太守嚇得倒退好幾步，同時間，紅衣兵士又馬上現身。

就這樣太守一進一退，紅衣兵士消失又現身；而且每次出現，都怒眼瞪著太守。這群不知來自何方的紅衣兵士，趕也趕不走，太守莫名其妙被盯著看，渾身也不舒服，真不知如何是好？混亂中，他想到正在他家做客的郭璞，立刻派人請他來。

正巧，郭璞悠哉悠哉走來，說是要來向太守告別。看到這場面故作驚訝的說：「啊，發生什麼事？」

「好友，且慢離開，你道術高超，請快來幫幫忙吧。」

郭璞看著臉色蒼白的太守，拍拍他的肩頭：「別急，待我卜一卦。」他正經八百的算起卦來。

看著卦象，郭璞皺緊眉頭，說：「糟糕！太守府裡有人八字太輕，才招惹靈界兵卒來叨擾。你府中是否有來自東北方姓『洪』或名子有『紅』字的下人？」

管家清查後，果真找到一名老家住東北方叫小紅的下人，此人正是侍奉郭璞的婢女。

郭璞說：「只要這女子留在府中一天，這群靈界兵卒就一天不離開。」

太守一聽嚇得縮起身子，哭喪著臉向郭璞求救：「好友你一定要救救我呀！陽界武士好應付，陰曹來的我可真不知如何處置？難道要把小紅處死嗎？」

郭璞阻止：「為此濫殺無辜，反而會招來更多橫禍，萬萬不可。」

他要來小紅的生辰八字，屈指一算，說：「有一個方法了。讓她遠離你府宅，把她帶往東南方二十里路地方，只要遇到有人要買婢女，就快快把她賣掉，不用講價。小紅不在了，這些靈界兵卒就容易趕走了。」

管家奉命急急忙忙帶著小紅往東南方去，約莫三個時辰後，管家回來：「稟報太守，郭大師果然神機妙算。小的帶小紅到東南方，正巧有人買下她。」郭璞聽到回報，立刻擺案念咒，為太守畫一道符令，丟入府宅旁的井裡。接著，奇怪的事發生了……

那三千多個紅衣兵士，一個接一個自動跳入井裡，發出咚！咚！咚！

的聲音。胡孟康太守終於除去大患，心中大喜，立刻把井口封閉。當他回頭要向郭璞致謝時，郭璞早已離開太守府。

原來，郭璞先前就安排友人以最便宜的銀兩買了小紅。當郭璞帶著行囊趕到東南二十里處，小紅和他的友人已在那兒等候。郭璞向友人酬謝揮別後，高高興興帶著小紅渡江南下。

就在他們離開盧江郡數十天後，胡人果真攻打到南方，盧江郡如郭璞所預言的淪陷了。

飛天奇人

古代流傳許多奇人異術，其中「能飛」是每個修行者的想望。據說漢朝有不少修行奇人，能借重外物飛行。其中一名是西漢時期的冶煉師，因其犧牲奉獻的器度感動上天，連老天都幫助他飛離是非地。東漢時期也有一名既是公正清廉的朝廷尚書，又是道行頗高的天師，他到底憑藉什麼，能夠每次從千里外氣定神閒飛來上朝論政？

一

西漢時期，衡山一帶有一個小而富裕的六安國，這封國內住著許多金屬鑄冶師，他們的冶煉術遠近馳名，各地如果需要上好的金屬器具或刀劍，都會前來委託六安的鑄冶師。原來他們都由同一名冶煉術高超的師傅一脈傳承下來。所以國境內所有鑄冶師，不是師兄弟就是師徒輩。

陶安公是第一代鑄冶傳人，不只技藝高超，又是授藝不藏私的長者，是為鑄冶師中最為人敬重的「冶煉第一人」。

這一天，生性暴虐的六安王召見他：「聽說你是國內最厲害的鑄冶大師，你冶煉的寶劍都是無堅不摧。」陶安公謙虛回應：「感謝殿下誇讚，那不過是浪得虛名而已。」六安王繼續說：「今天請你來，是想請你冶煉一把能斬鬼除魅的寶劍。」陶安公說：「正如殿下所言，我冶煉的劍都是懲奸除惡。至於那種斬除鬼魅之劍，要找法術高明的術士使用桃木劍。」

六安王聽完，搖搖頭：「沒用啦，驅魔的術士說我的寢宮來了太多冤魂了，一般桃木劍、符咒無效。我日日受鬼魅纏身而痛苦不堪。」他接著說：

「術士還說，最厲害的驅魔劍是要在冶煉寶劍過程中滴入心術端正者的鮮血，吸收人的靈氣，這樣的寶劍不只能殺人更能除惡鬼。」

「這種鑄劍術太不人道了，恕草民不能做。」陶安公聽完就拒絕。

沒想到殘暴的六安王竟說：「你儘管去冶煉，材料和人的鮮血，我隨時供應。」這話表示要濫殺無辜，陶安公心想：「這怎麼可以？」再次拒絕他。

六安王大怒：「由不得你，你每拒絕一次，我就直接取你一個徒子徒孫的鮮血，直到你願意。」

陶安公無奈的答應了，「不過，請允許無邪的鮮血由我來取。」六安王答應他了，並規定時限是十天。

走在回家路上，陶安公非常難過，六安王實在太殘暴了。答應他，他會用善良百姓的鮮血，不答應他，他要用徒弟們鮮血，該怎麼辦？想到以前師傅說過，鑄劍的最高境界就是「以身投爐」。他心中慢慢醞釀一個兩全其美的主意，不讓其他人為鑄劍受害。

如同以往鑄劍的儀式，陶安公誠心的向上天致敬說明鑄劍目的，講到傷心處，他淚流滿面，連在旁為爐火搧風的小徒孫也跟著啜泣。他開始燒火熱爐了，漸漸的爐火純青。當礦石在熊熊烈火中熔成汁液，陶安公每天在自己的身上割一道傷口，將血滴入熱騰騰的劍料汁液中。

只見他體力愈來愈衰弱，知道是時候該交代後事了，於是他吩咐小徒孫去找他的師弟來。

小徒孫剛走不久，他虛弱的搧著爐火，沒想到爐火竟化成一股紫色的火焰，直衝向天空。他嚇了一大跳，明明自己有氣沒力，怎麼火勢那麼大？萬一鑄劍功虧一簣，那該怎麼辦？他趴在冶煉爐前苦苦哀求，千萬不能有意外。

這時一隻朱雀從空中飛來，停在冶煉爐上。陶安公嚇壞了，用盡全身力氣對著朱雀大叫：「你會被爐火融化呀！快快離開！」

「陶安公！陶安公！別擔心，我沒事的。你真是個善心人，自己都有氣沒力了，還擔心我。」陶安公第一次聽到鳥說話，更是驚嚇。

朱雀繼續說：「你的爐火直通上天，你鑄冶的誠意和犧牲奉獻，天庭都知道。七月七日那天，會派一條赤龍來迎接你去天庭。至於凡間的事，你放心吧，暴虐的君主，由老天來懲罰他！你先好好養傷吧。」說著，朱雀就不見了。

陶安公的師弟、小徒孫，遠遠就看到一道燦爛爛的火焰穿入天際，但當他們趕回來時卻已不見了。陶安公把事情的前因後果都告訴他們，大家認為陶安公的真誠和善心感動了上天。

這件事很快的傳遍整個城裡。

果然，七月七日那天，一條赤龍由天而降，停在陶安公冶煉屋前。陶安公騎上赤龍，往東南方天空飛去。全城數萬老百姓很感謝陶安公，為保護他們不惜與王對抗。他們慎重的依照古禮祭祀路神，備好酒菜為他送別。陶安公騎著赤龍，低頭向百姓揮手告別。

這一天唯一不高興的人是六安王，他知道陶安公犧牲自己為他鑄冶寶劍，就只剩下最後的步驟了，沒想到前功盡棄，非常不甘心，一方面又擔心今晚那群鬼魅會不會來騷擾？

當天夜裡三更半夜，六安王聽到冤魂又在寢宮中飄來飛去的聲音，他嚇得一直發抖，把自己縮在被子裡。沒想到一下子被子就被掀開，他眼前看到的不是冤魂，而是兩個鬼吏來傳達泰山府君的旨意：「……你有幸為王，不知仁民愛物，荒誕昏庸，冤死無數百姓，罪不可赦，即刻回陰曹地府受審。」

寢宮外侍衛們聽到哀求聲後，衝入宮內，但已經來不及了。

二

至於東漢時期的飛天奇人，更是一位高人——

王喬是東漢明帝時期的優秀的尚書郎，同時又是葉縣的縣令。每月初一，他依令要從葉縣來到洛陽的尚書臺和君王討論朝政。

有一件事令漢明帝想不透，他找來太史討論：「寡人已經觀察很久了，每到月初，寡人召集尚書們來朝中談國家政事，其中王尚書郎最勤快，從不缺席遲到，但卻未看過他騎馬或坐轎子遠道而來。寡人算過，從葉縣到洛陽有數百里路，如果不騎馬，不坐轎子，光走路的話，少則七天才會到京城，人也會非常疲累，不過每次會議時，他都精神奕奕的，專心參與討論，準備很充足，發表時有條有理。王尚書郎一向奉公守法，深得寡人喜愛，只是這件事太奇怪了，寡人百思不解，又不好意思問他私事。愛卿見多識廣，你知道怎麼回事嗎？」

太史回答：「臣一定去追查了解，再向陛下稟告。」

如此連續三個月，每到王喬來尚書臺討論政事的日子，太史一早就守在王喬要進洛陽的路口，只見王喬依舊不騎馬、不坐轎，一個人悠悠閒閒走進尚書臺。比較特別的是，太史發現同樣時間在空中都有兩隻野鴨子，跟王喬一樣方向從東南飛來。太史把觀察到的事回報君王，又說：「聽說王喬修煉多年，也許他是靠什麼法術吧。」君王聽完心裡有數了。

到下個月初一，漢明帝派人埋伏在同樣的路口，當王喬路過後，果然兩隻野鴨子翩翩飛來。一聲令下，張開網羅把野鴨子網住。接著，太史把野鴨子帶到君王面前，打開網子一看卻是一雙鞋子。漢明帝除了詫異外，對這雙鞋子越看越面熟，就叫尚書令來。尚書令看到鞋子，馬上回答：「啟稟陛下，這雙鞋正是永平四年，陛下贈予尚書臺所有尚書的鞋子。」

漢明帝這下終於相信，太史之前提到王喬曾修煉法術，原來他不只是奉公行事的官員，也是高明的術士。因為這樣，漢明帝從此更加敬重他。

張生的傳家寶

剛剛看完公布的榜單，張生就有氣無力的拖著身子回客棧，頹喪又懊惱的靠在床沿。已經被舉薦第三年了，沒權沒勢的他每到複試這一關，還是落榜了，真不知如何回家向妻子交代。更懊惱的是，這次同行來長安的同鄉，中途盤纏用盡，曾向他借款，說好一到長安城投靠親戚後就把銀兩奉還，現在他都要回鄉了，仍未見到那名同鄉的影子。

也要怪自己當初太樂觀，以為這次至少可以被任命當個小官，住宿客棧的費用就好商量。如今沒錄取，又沒銀兩付給客棧，落得兩頭空。他極端洩氣，不覺萌生厭世之情，但家中有妻小，怎可懦弱逃避？除了捶胸頓足，他還真不知如何是好？

「咕咕——咕咕——」垂頭喪氣的他隱

約聽到幾聲斑鳩叫。抬頭看，一隻斑鳩飛進來，他悠悠的說：「飛走吧，我這種厄運纏身的人，什麼都無法給你。」

只見那斑鳩一直在房間旋繞。「斑鳩呀斑鳩，你不飛走，難道是要帶給我什麼嗎？好吧，如果要帶給我災禍，就飛往天花板；如果要帶給我好運就飛到我身上來吧。」

那斑鳩似乎聽得懂人話，一下子投入張生懷裡，張生順手將牠抱住。當他低頭一看，才發現懷裡不是斑鳩，竟是一隻金鉤。

看到金鉤，張生精神一振，第一個念頭是：「太好了，正好可以抵銷客棧的住宿費。」隨後，他立刻轉念：「金鉤會帶來好運，怎可抵債？」隨即又想到一個法子，憂慮的心情瞬間化解一大半。

隔天，他整裝回鄉，來到櫃台，拿出身上唯一的貴重物品——一塊玉珮。他與掌櫃商量：「這是我離家時妻子給我備不時之需的玉珮，能否抵銷這數十日的費用。」掌櫃看看玉珮溫潤淨透甚為喜歡，就答應了。

他背起行囊，懷裡藏著金鉤，看看錢兜兒已無分文，心想這一路上一定要挨餓了。但他自我安慰，只要忍耐幾日就能回家見妻兒了。正如此想著，突然有人叫他：「恩人等等我！」回頭一看，正是那位借錢的同鄉人。

未等他開口，同鄉人氣喘吁吁的說：「到京城後太多事情耽擱，抱歉晚了！幸好來得及償還欠你的銀兩。而為了補償你，客棧費用我已幫忙還清，這是你的玉珮。我們一起回家吧。」張生喜出望外，他終於可以順利返鄉了。

途中，同鄉人說他自知功名無望，已開始學習經商，又說：「你看我們年年赴考，朝中沒有可依靠的親友，落得年年落榜。我想通了，決定換個方向。我的親戚在京城經商小有成就，他為人和善，願意提攜同鄉，我這段時日都在他那兒學習，你為人厚道，也是塊經商良材。」

張生一回到家，告訴妻子自己又落榜，賢慧的妻子反而安慰他：「是天意吧！人各有命，也許你沒有官命，就無需勉強，我們勤儉持家，一樣可以過日子。」

張生接著告訴她奇妙的金鉤和同鄉邀他經商之事。他說：「看來這隻金鉤真是幸運寶物，自從拿到它之後，好像不少好事就陸續發生。」於是他開始學經商，聰明的他很快就上手，生意越做越穩當，家境變富裕，還舉家搬到長安城定居。後來傳到他的子孫輩，個個都是誠信好德的富商。

這天，一個從蜀郡來到京城做生意的商人，早已耳聞張生家族因為有一隻傳家寶物——金鉤，而大富大貴。便暗中計畫奪取這寶物，他打聽到張家有個權力最大的婢女，於是利用各種方式與婢女交往混熟，拿許多金銀珠寶賄賂她，取得她的信任，再用花言巧語引誘那位婢女去偷取金鉤。當婢女把偷到的金鉤交給商人後，他立刻把東西帶回蜀郡。

張家自從丟失了傳家至寶，像是失去保佑一般，家族落入愁雲慘霧中，無心經商，整個生意大受影響，一落千丈。

而再看蜀郡那名商人，本以為擁有這幸運金鉤保佑，生意一定興隆，財富滾滾。沒想到有金鉤後，他的生意反而比以前更慘淡，連原有的家產也跟著敗光，真是始料未及的狀況。他面容憔悴的去請教一位摯友，老實的述說偷金鉤想致富的前因後果。摯友聽完說：「生死由命，富貴在天，這是天命，不可強求。金鉤本來就不是你的，你強求就是違反天意。把自己弄得如此狼狽又能如何？請聽我這好友勸告，趁現在還來得及，及時回頭吧，讓一切都回到原來的位置，才是正道。」

隔天，這商人從蜀郡連夜趕到京城，把金鉤雙手奉還張家，並誠心叩拜道歉。張家諒解他一時被貪念蒙蔽良知，如今主動送回傳家至寶，就不再追究。商人沒想到張家如此慈善的原諒他，滿臉羞愧，無地自容，當場發誓從此隱居蜀地，不再貪求榮華富貴。

街坊鄰居聽說張家不但找回傳家寶金鉤，還寬宏大量的原諒偷竊者，都讚譽張家是積善之家必有後福。

張家的美名傳遍了京城，生意也因此更加興旺。

仙人在此變變變

魏晉南北朝之前許多人仰慕於仙道，不惜拋家棄子，跋涉崇山峻嶺為了求道成仙。成道後他們身懷瞬息萬變的奇門遁甲法術，有的會為民除妖驅魔，有的會輔佐賢君，也有的趁機愚弄暴君。這類變幻無窮的法術，流傳至今仍然令人神往。其中兩則軼聞，繪聲繪影的描述那時代著名的仙人介琰、葛玄如何巧妙運用千變萬化的法術，使君王折服……

一

介琰是三國時期建安郡方山人士，從小就拜師白羊公學習高深的道家仙術。因他潛心修煉，頗精通變幻隱形的法力。

得道後，介琰常周遊各地。有一次，他要遊歷東海郡，途中經過吳國都城。吳國國君孫權聽過他的名聲，非常仰慕，特地前去迎接他，想盡各種辦法要把介琰留下。孫權先為他修建造了一座道觀，一天之內，多次派人去侍奉他的飲食起居，贈送奇珍異寶。但只見派去的人把禮物帶回，回報說：「啟稟陛下，仙人不受饋贈，也不吃喝飲食。不過他真的是道行高妙，每次他的模樣都不同，有時變為兒童，在道觀裡嬉戲玩耍；有時變為老人，老成持重的端坐讀書。」孫權一聽，拍手叫好：「這種法術太有趣了，孤就想學他的變身術。」

他立刻前去探望介琰，請他教導變身法術。介琰說：「陛下真想學法術不難，但必須先有毅力做到幾件事。首先要有恭敬堅定的心，其次能長期齋戒，再其次要斷緣節欲，絕不能近女色。等君王功德圓滿，貧道自然會教導陛下。」

「寡人一定做到。」孫權雖然信誓旦旦的答應了，他確實想專

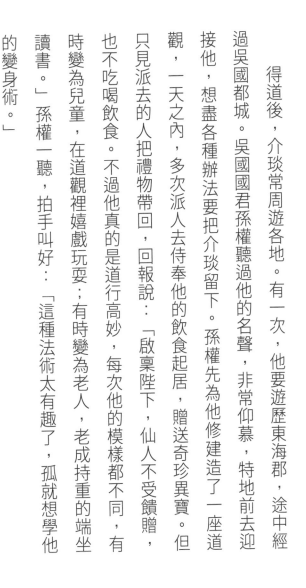

心學道，也能長期吃齋，但一回到宮中，滿眼盡是美麗后妃，豈能克制？他下令皇宮內院所有人，絕不許把他親近后妃之事外洩。但依介琰的法力只要屈指一算便知，雖然孫權每次都否認，介琰都能當眾拆穿他的謊言，甚至提醒修道之人近女色容易走火入魔，弄得孫權每次都尷尬得下不了台，生氣離開。

如此過了幾個月，孫權不守信約，介琰堅持不教導他。孫權惱羞成怒，暗罵：「這個怪道士，軟的求他無用，就來硬的嚇嚇他。」他下令把介琰綑綁起來，帶到刑場。他語帶威脅：「孤一向禮遇仙人，讓你在舒適的道觀中安心修煉，也想虛心向你學道，沒想到，你竟無視孤的不恥下問，一再拒絕。今天再給你一次機會，你教是不教？」介琰輕鬆回應：「陛下聖明，貧道不是不教導陛下，當初即告誡陛下，修道之人不可近女色，否則必走火入魔。陛下不戒色，貧道無法教，如此而已。」一般被綁在堂下的人，都會嚇得屢屢求饒，不敢有半句回嘴，沒想到介琰竟在大庭廣眾把他好女色之事說出來，完全不把一國之君放在眼裡，這人怎可饒恕？孫權氣炸了，立刻下令甲兵拿起弓箭射殺他。隨著所有弓箭齊發後，在場的人只看到捆繩落在地上，連繩結都沒解開，但是介琰卻不知去向了，這下孫權更加惱怒，卻也無計可施。

二

另一名仙人是葛玄，師父是經常愚弄曹操的左慈。他曾跟左慈學習過《九丹金液仙經》，道行非常絕妙。

有一次他和一群客人在亭園吃飯時，一位仰慕他的客人邀請他：「大師道術精湛，飯後為大家變個有趣的法術，如何？」葛玄很爽快的回答：「一定要等到飯後嗎？你不想現在就看到嗎？」

說完，就把口中的飯粒噴出，那一顆顆飯粒，霎時在空中變成一隻一隻的大胡蜂。幾百隻胡蜂在客人之間飛來飛去，但是不螫人，所有客人驚奇的盯著成群飛舞的胡蜂，早忘了滿桌的美食。等客人看得過癮了，葛玄

就張開嘴巴，這群胡蜂都飛進他的嘴裡變回飯粒，自在的咀嚼著。

飯後，他表演另一種法術，他對著亭園綠樹、草叢揮動著雙手，嘴裡念念有詞，最後說聲：「出來吧！」原來躲在樹上和草堆的蛤蟆、各種爬蟲，甚至天上飛來的燕雀，都不約而同的出現在亭園邊，隨著葛玄的指揮跳起舞來，完全配合節拍，就像聽得懂音律節奏一樣。在場的客人都看愣了，表演結束時，掌聲不絕於耳。

葛玄好客又體貼，他常為不同的客人變不同的法術。他會為冬天來拜訪的朋友變出新鮮的瓜果、棗子，讓他們品嘗瓜果的鮮甜；為夏天來拜訪的客人們變出寒冰白雪，讓他們消暑沁涼，使大家賓主盡歡。

最令客人嘖嘖稱奇的是他的「釣錢術」和「勸酒術」。有一次他拿出幾十個銅錢，請客人把錢撒進一口深井裡，然後他一面拿出一個大缽碗，一面對著深井呼喊著：「錢回來吧！錢回來吧！」剛開始，井裡安靜無聲，才過一會兒，陣陣來自井裡的聲音和著回音漸漸大聲，客人們看到銅錢一枚一枚從井裡很有次序的飛出，落在大缽碗裡。

另外一次則是在葛玄設宴請客的場合。當他倒完所有酒杯後，並沒有遞酒給客人，這時只聽到葛玄喊了一聲：「請大家喝酒！」酒杯竟自動的飛到客人面前，等眾人端起酒杯一飲而盡後，再飛回酒盤。如果有人沒喝完酒，那杯酒就一直留在他面前不離開。

葛玄種種法術既新奇又親民，讓他贏得更多友誼和讚譽。他的聲望很快就傳到吳王孫權耳裡。孫權最崇拜道術，他想盡辦法一定要請葛玄到吳國。

這一天，葛玄依約來到吳國，他和孫權一起坐在樓台上，看到不遠處有好多百姓正在做泥人，葛玄不解，便問孫權，孫權說：「唉！仙人有所不知，做泥人是為了求神降雨，解除旱災。都城已經數月未降雨，人民生計與農作都困頓不堪。想請問，百姓這樣做真的可以求到雨嗎？」

葛玄了解孫權的心意，他說：「百姓要求雨嗎？雨容易得到的。」說著，他畫了一張符令，放在土地神廟裡。才過不久，天地變得昏暗，接著傾盆大雨臨空而下，久旱逢甘霖，整個都城上下都非常高興。雨水到處流淌著，孫權又問：「這水中可以看到魚嗎？」葛玄輕輕一笑，沒有回答，他又拿出筆來，畫了一道符令，丟進水裡。一會兒工夫，水裡竟出現幾百條大魚，孫權興奮的派人下去抓，他自己也按耐不住，跟著下去。

當他抓完魚後，回頭找葛玄，仙人已不知何時離開了。

3

穿越陰陽為情意

玉枕繁華夢

剛做成一樁生意，楊林背起沉重的貨品又趕往另個市鎮，他沿焦湖水邊走著走著，汗流浹背又餓又累，該找個地方歇歇了。抬頭看看湖邊只有蘆葦綿延，沒有人家。正失望時，隔著湖，他看到更遠山坡上有一小屋，楊林走近一看，原來是座小廟。他一陣欣喜，心想至少可到廟裡稍作休息。

這座焦湖邊的廟宇只有庶民住家那樣大小，外觀陳舊斑駁，很不起眼，路人稍一閃失就會錯過。幸好楊林再三確認，否則今晚只怕要露宿湖邊了。

他輕輕推開廟門，一名慈眉善目的住持站在他面前：「施主遠道而來，辛苦了！請禮拜後上座用茶。」楊林道謝後，卸下行囊，合十禮拜祈神降福，一坐下便毫不客氣拿起茶杯一飲而盡。終於有點力氣說話：「不瞞住持，楊某因趕路錯過午膳，焦湖周遭見不著客棧，特來投靠貴寺。不合禮數，敬請包涵！」

「施主客氣了！一切隨緣。貧僧已吩咐徒兒備好簡單齋飯，施主如不嫌棄，將就充飢吧。」楊林感激再三，把送來的齋飯一掃而空，飯後與住持喝茶聊天。

楊林自道，從小是個孤兒，未能讀經習文，只跟一名從商的遠親學習經商，如今還是小販，終日奔走各地買賣貨品。

住持說：「商家應有基本道德：『取財以道，利己利人是根本。抱德懷才不必憚貧，給人方便財德自來。』你好好記得這幾句話，財富和德行就能歸屬你。」但楊林根本沒聽進住持的勸告，繼續自怨自艾：「我生來命薄，一直艷羨別人飛黃騰達；這麼多年了，經商無方，收入微薄，只勉強自給；已屆婚齡，我多希望能娶妻生子。可是功不成、名不就，沒有立業，無法成家。唉！所以剛剛我祈求神明，能讓我成為富貴官家，得個一官半職，成家立業，富貴安逸。」

住持說：「事事皆有因緣，凡事盡心去做，老天自有安排。你別羨慕

別人的官位，其實你擁有別人沒有的行商本事。」楊林不服氣的反駁：「您沒看過那些當官的每天只消翹腳快活，朝廷就給薪俸。我這小販子卻為多賺幾分錢，每天辛苦各地奔走，連妻兒也沒有，唉！」

住持見他那麼堅持己見，就轉個話題：「你剛剛不是說希望有機會結良緣嗎？」

「是呀！沒權沒勢談何容易。」

「來！」住持引他到一間廂房，指著床上，說：「這裡有一個玉枕，你靠近玉枕邊，仔細看著玉枕上有個縫隙，你將會看到你的期待，但別忘了見好就收。」

楊林本想反問為什麼？但奇怪的是，當他盯著那個玉枕的裂縫時，發現竟可以直接走進那個裂縫，其中有座他最嚮往的富貴人家大宅院。

他好奇的敲敲門，問了應門僮僕：「請問這宅院的主人是哪一位？」僮僕回答：「是趙太尉府邸。」「請問我可以看看宅第嗎？」「你要拜會太尉嗎？」楊林硬著頭皮心虛的回答：「嗯，是的。」

僮僕去去又回，開門引他進入。這是他生平第一次親眼見識到什麼叫雕梁畫棟、亭臺樓閣，府內的裝潢擺設更是金碧輝煌，富貴氣派，他多希望能留此一宿。沿途又聽到僮僕提及，太尉正為女兒徵婚之事煩心，楊林心想：「機會來了，我要好好把握。」

趙太尉見他來訪既驚又喜，因為他女兒早過二八年華，還找不到如意郎君，這可把他急壞了。方才貼出招親告示，不想就有如此俊挺男子前來求見。太尉問他故鄉、家世、行業，楊林回答：「在下楊林，濟陰郡單父縣人氏，自小孤苦獨立，及長從商。經商過此地耳聞太尉行事清廉公正，非常仰慕，特來拜訪。」楊林推崇的言詞，讓太尉欣喜不已，覺得眼前這名商人不像一般書生封閉窮酸，於是再請他談談經商的心得，他回應：「取財以道，利己利人是根本。抱德懷才不必憚貧，給人方便財德自來。」太尉一聽，言之有理，雖是一介商販，談吐不俗，眼界超然，而且楊林又是孤兒，正好可以入贅太尉府，就決定將女兒許配給他。

楊林和太尉女兒成親後，生下六個兒子。依太尉的權勢，孩子從小都能授予最好的文武教育，六書、六藝樣樣精通，長大後，每個孩子都做到祕書郎。

就這樣度過幾十年。

楊林回首這一切享受，都是他最期待的。

婚後他不再經商，每天跟在岳父身邊幫忙整理和遞送公文，做一些輕鬆雜務。至於孩子的教育，妻子認為他不懂經書沒學問，全自行作主，孩子也只聽從爺爺和母親的教誨。岳父和妻子偶爾給他一點零用錢，但其實在太尉府生活，不需花很多金錢，看來過得很輕鬆自在。外人有的稱他「太尉賢婿」，有的稱他「祕書郎尊翁」，久而久之，他幾乎快忘了自己的名字了。但是不用每天為生活奔波，不必回去破舊的家鄉，不正是他想要的嗎？他應該很愉快呀！

但是為何他腦海裡一直響起：「見好就收！見好就收！」這些都是他希望的生活，為何要見好就收？為何？他腦子好混亂……

突然，他驚醒的坐起！發現住持靜靜站在他身邊。

「我怎麼還在寺廟的廂房？我的太尉府呢？我的妻子呢？我六個當官的孩子呢？我的榮華富貴呢？住持，請告訴我，我怎麼又回到這裡？」

住持平靜的說：「你一直在這裡，未曾離開。」

楊林看著住持，驚愕不已，雙唇抖動：「難道我那幾十年的繁華富貴都——都只是一場夢？」

夜深了，寂靜的寺廟裡只聽到楊林徹夜啜泣聲。

清晨平和誦經聲中，楊林合十候在一旁。住持頌經完畢，他央求住持寫下幾個字：「取財以道，利己利人是根本。抱德懷才不必憚貧，給人方便財德自來。」

他謹慎收好：「這將是我此後經商的座右銘。」

他把身上所有的銀兩捐獻給寺廟，再次向住持致敬，背起貨品箱，揚長而去。

妻子情歸何處

自古以來，兩情相悅是最美好的事。互許終身的一對佳偶，會是天賜良緣呢?還是天妒良緣?

這故事發生在兩千多年前秦始皇時代。

在長安的一處聚落中，住著一名文武雙全、一表人才的少年郎，名叫王道平。他和鄰居的女兒唐文榆自小就是青梅竹馬，文榆生性文靜善良，姿容秀麗，街坊鄰居都誇她美若天仙。隨著年紀漸長，兩人情投意合，私訂終身，誓言非君莫嫁，非卿莫娶。王道平深知文瑜的父親為人愛好門面身分，看不上他這家道中落的窮人家，如果沒有一官半職，唐父必不答應這門親事。

正當他倆為這門親事煩惱時，當地官員前來告知，不久前舉薦他擔任某處亭長，縣令、郡守已經考核通過，並上呈朝廷核准下旨。王道平聽到這好消息，立刻奔去告知文榆，只待朝廷下旨，就向唐家正式提親。

誰知左等右等，遲遲等不到朝廷頒下任職令，卻得知南方爆發戰事，所有年輕人必須被徵召赴前線作戰，王道平也不例外。啟程前，他先拜別父母，又前去安慰文榆：「依我的觀察，我朝國力正強盛，南方挑釁者是烏合之眾，這場戰事應該很快結束。妳在家鄉耐心等待，我很快就回來迎娶妳。」兩人依依不捨的告別。

果然如王道平預言，一段時間後，戰事告捷，村里年輕人都卸甲，從前線回鄉，唯獨不見王道平。王家人和唐文榆非常著急，到處打聽，得不到一點消息，就這樣等了九年。

唐員外雖然知道女兒和王道平彼此愛戀，但事過九年，王道平生死未卜，應該凶多吉少了。女兒已到了適婚年齡，如今上門來提親的都是體面

人家，勝於平凡的王家許多。再不為她選個好夫家，只怕女兒要錯過終身大事，因此執意為她選了一名門當戶對的夫君劉祥。文榆雖然堅守與王道平的誓約，不肯出嫁，無奈父命難違，被迫嫁給劉祥。

文榆與劉祥因媒妁之言結為連理，彼此個性、興趣都不同。文榆喜歡琴棋詩畫，劉祥好大喜功，常三五好友流連酒家飲酒。兩人日常話不投機，平淡相處，讓文榆更加懷念王道平。就這樣，文榆悶悶不樂的度過三年，最後憂鬱死去。

文榆死後三年，王道平終於回家了，他騎著一匹白馬風塵僕僕回到家鄉。經過那麼多年，父母都已老邁。見到他誤以為魂魄歸來，定神一看，兒子在眼前，老淚縱橫。問他發生了什麼事，原來當年他以一名小兵派往南方參戰，每每在戰場上驍勇善戰，為部隊殺敵立功，獲得將軍的賞賜重用，先命他為騎兵，後任他為軍隊將領。當南方戰事平息後，他想立刻回鄉與唐文榆成親。

將軍十分倚重這名猛將，強行要他留下再為國效力三年，並上奏君王給予武官之職，讓他光榮返鄉娶親。三年間，他每次寄回家鄉的書信都石沉大海，後來將軍告知他，家鄉遇到大災難，全村崩塌掩沒，無倖存者。王道平萬念俱灰，無以為家，只好跟的軍隊到處征戰。

就這樣他在戰場上度過十多年，直到偶然間得知，將軍為了留下他，毀去他的家書，謊稱家破人亡。他一怒之下，不理會將軍一再致歉挽留，帶著賞金一路趕回故鄉。

兩老聽他一席話，擦去眼淚，輕拍道平：「回來就好！回來就好！」

王道平起身道：「讓爹娘受苦了，我現在就去向唐員外提親。」

兩老拉住兒子衣袖：「別去了，人都沒了。」接著，流著眼淚詳細述說文榆被父親逼嫁劉祥，憂鬱而死，已三年了。

王道平邊哭邊問道：「她的墳墓在哪裡？」

王道平來到文榆墳前，一再繞著她的墓，呼喊她的名，大哭起來：「文榆啊！都是我的錯！我不該聽信將軍的謊言，遲遲未歸，讓你苦等了九年，最後被逼出嫁，憂鬱而死。我們當初發誓要廝守一輩子的，你怎麼可以獨自先離世，我們就這樣生死永別嗎？這太不幸了！如果你在天有靈，至少讓我見你一面，我才甘心；如果你已魂銷魄散，那我們真的要永世分離了，只是我不甘心啦！」王道平難過得癱軟在文榆墓前，淚水早已潰堤。

不知哭了多久，在昏黃的夕陽中，一縷煙從墳土上慢慢升起，煙霧越來越大，罩著文榆的墓。王道平看到文榆的魂體出現在他面前，依然和當年他們分開時一樣美麗，聲音依然那麼溫婉：「你去了哪裡了？怎麼那麼久才回來？我等你等得好苦呀！但我沒有忘記我們誓言。無奈父親強迫我出嫁，劉祥又不知憐香惜玉，我長年怨恨憂愁而死，沒想到我們陰陽分隔還能再次看到你。」

王道平伸出雙手卻抱不住文榆的魂魄，更加難過：「都是我的錯，被將軍蒙騙，現在我回來了，我們生死不渝的愛戀，沒有你我如何度過餘生？求求你帶我走，要不，求求你回到我身邊吧！」

聽到王道平聲聲哭求。文榆說：「感念你情深義重，特別來告訴你。昨日泰山府君殿的判官看過我的生死簿，說我命不該絕。幸好我的身軀沒有損壞，請你把棺木打開，我就能回陽世了。」王道平聽完她的話，欣喜若狂，立刻到鄰近借來一把圓鍬，親自挖開文榆墳墓。棺木裡文榆果然如睡夢中，王道平輕撫摸著他日思夜念的美麗臉龐，文榆慢慢甦醒坐起。王道平為他整理衣容後，高高興興的帶她回到王家。

劉祥初聽這件事本來不相信，一再查明更是不甘心，他明媒正娶的妻子，怎麼復活後與王道平成婚？嚥不下這口氣，就去告官。但縣令找不到任何法條為劉家搶回妻子，劉家一再施加壓力，讓縣令非常苦惱。只好將這奇案上告給朝廷。

朝廷中接到這案子的官員也覺得太離奇了，再聽到王道平名字，心裡一怔，這不是前去南方打仗的將軍曾經提到，為美人寧願放棄升官厚祿的英勇猛將嗎？於是他特地親自審理這案子。

當他得知王道平隨軍為國殺敵十多年，因而耽誤了與文榆的誓約，更是感動又佩服。何況死而復生，是另一新生命開始，不應與前段婚姻有所瓜葛，所以判決唐文榆與王道平是正式夫妻。

王道平與唐文榆歷經生死磨難，終於至誠感動天地。

穿越陰陽的駙馬戀

剛下過大雨，荒郊野外顯得特別寂靜，偶爾夜風吹過，葉片上雨水「咚！」一聲的滑落。

昏黃的月亮不知何時默默爬上中天，在荒野最隱密的樹林處隱約傳來「唧—喳—唧—喳—」，似遠似近的腳步聲。一個背著書箱的書生，看來是遭逢大雨，全身濕透，無精打采的踩在泥濘落葉中，舉步維艱。他飢寒難耐急著想找個地方歇歇腿，可是前不著村，後不著店，他越走越迷離，錯失了原來路徑，他惶恐著自己會不會在陰暗的樹林間迷路了？

正絕望時，一群螢火蟲從四面八方飛來，聚成一團螢燈像在引領他。隨著螢燈走了一段路程，他發現不遠處有戶人家，「應該是樵夫家，得救了！」他快步走去。

來到屋前一看，竟然是座大宅院，應該是隱居山林的大富人家。這麼晚不敢打擾，他蹲在門邊休息。這時，大門突然打開，一名提著燈籠的青衣婢女走出來，對他說：「我家主人說，公子趕路辛苦了，請公子入內用膳休息。」早已饑腸轆轆的書生，顧不得客套，道謝後立刻隨她入內。進入大門，兩旁皆有青衣婢女持燈籠侍候，整棟宅院雕梁畫棟，金碧輝煌。婢女引他更衣、用膳。飽餐後，書生請婢女向主人轉達，想當面致謝。不久婢女回覆：「主人說，公子一路奔波，一定勞累，請公子先休息，明日再會面不遲。」書生真的非常疲累，隨婢女進到客房，頭一沾枕就睡著了。

第二天醒來時，已近黃昏。婢女早在房外侍候，他快快整理儀容，隨婢女前去拜見主人。婢女帶書生走進一座閣樓，主人端坐在西邊榻上，令他驚訝的是主人竟是一名美麗高貴的妙齡女子。書生先是打躬作揖，說：「小生姓辛名道度，隴西人氏，欲往雍州城求學。不想途中遇到大雨，又在荒野迷路，飢寒交迫，幸得主人搭救，感激不盡！」主人請他在東榻坐下，再請婢女準備膳食。

主人娓娓道來：「小女是秦閔王的女兒，原來許配給曹國國王，誰知才定下婚約，我的魂魄就已離世。泰山府君憐憫我荳蔻年華命喪黃泉，查閱我的生死簿，原來我命中尚有一段短暫姻緣未了，對方是一名姓辛的書生，經我一再請求，府君特別准許我暫留人間等待我的有緣人，到現在已經過二十三年了，我一直居住在這棟大宅院裡，等待公子的到來。我們的姻緣早已註定，不知公子願不願意與我結為夫妻。」

辛道度覺得這真是一段奇妙緣分，眼前這位公主如此溫婉美麗，二十三年來為等待他的到來，獨守空閨，令他非常感動，這段好姻緣豈可錯過？便答應了公主的婚事。

就這樣他們度過三天三夜恩愛夫妻的日子。

到了第四天，公主萬分不捨的對夫君說：「我們的夫妻緣分已盡，這短短三日無法表達我對夫君全部的珍愛。雖然對夫君情深義重不願分離，但先前已對泰山府君承諾，我必須返回地府，不得反悔，否則會為你帶來災禍。」

公主淚流滿面，繼續說道：「臨別前，一定要送夫君一樣信物，代表妾身對夫君真情不變。」

公主命婢女從床後取出一個黃金枕，贈送給辛道度。他們都知道此去是生離死別，永遠不能再見面，兩人難分難捨痛哭告別，公主並派婢女送辛道度走出大門。當婢女關上大門，辛道度才走兩三步，突然聽見門內一陣吵雜，他忍不住回頭看。這一回頭，嚇了一大跳，原來房子已經不見了，只有一座墳墓立在那兒，一群流螢在墳墓周圍飛舞。辛道度一時間不知如何是好，慌忙的抱緊金枕，快跑離開。

往雍州的路上，辛道度念念不忘和公主這段短暫姻緣。雖然明知必須分離，相思卻那麼痛苦，他生病了。求醫問診花掉他身上所有的積蓄，拖著虛弱的身子，終於到了雍州。

來到雍州，辛道度除了手上抱著的黃金枕外身無分文，往後如何生

活？如何求學？如果想直接回家鄉，他現在連返家的盤纏都沒有。迫於無奈，他只好把僅有的黃金枕拿去典當，跟店家說好，等他有錢就去贖回。誰知當鋪掌櫃看上這黃金枕價格不斐，偷偷拿到市集上販售。

巧的是，這一天秦閔王的妃子正好微服到雍州市集遊玩，當她看到黃金枕時，嚇了一跳，命人抓來掌櫃詳細查問，緊接著召來辛道度，想知道這個全秦國唯一的黃金枕從何而來？辛道度好不容易大病初癒，被帶到宮內問話，嚇得全身發抖。隨後一想，眼前這位不就是公主的母親？他鎮定下來，將事情的經過詳詳細細的告訴秦王妃。王妃初聽女兒靈魂不散，只為在人間等待佳緣，感動又不捨，哭泣得無法自拔。接著，她又覺得這件事太離奇，太不可思議了。便派人去打開棺木檢查陪葬品，派去的人回報，除了那個黃金枕外，其他的陪葬品都在。最特別的是，現在棺木中公主髮式，竟梳理成已婚女子的髮髻。

王妃一聽，感嘆的說：「我的女兒真是癡情，都已經離世二十三年，還能等到在人間的夫婿，結成良緣。辛道度是我的真女婿呀！」立刻將這件事完完整整的告訴秦閔王。秦閔王也深受感動，並且同意王妃的想法，應該賜給辛道度一個官位。於是，封辛道度為駙馬都尉，並賞賜許多金銀財寶和車馬，讓他得以尊貴身分回鄉，光耀門楣。辛道度與公主的姻緣雖然只短短三日，卻是他終身刻骨銘心的最愛，這些對辛道度而言，都勝於身分和財富。

「駙馬都尉」的官名取自於帝王馬車前最外的左右副馬，都尉是駕馭馬車的官員，賜予「駙馬都尉」有保護主官之意。這稱謂一直影響到後世，凡是帝王的女婿，都稱為「駙馬」。

給我一個適得其所的工作

「夫君，我又夢見了。」

清晨，正跨出大門的昌陵亭侯蔣濟，回頭憐惜的輕拍他的妻子：「娘子一定是太累了，別想太多！雜事就交代總管和婢女們去做就好。」

「但是，已經第二次了，兒子說得很詳細，他說……」話未完，蔣濟揮手打住：「我趕著上朝，回來再說吧。」

上朝路上，坐在轎中的蔣濟不覺想起兒子種種往事。

兒子從小機智過人，聰穎伶俐，不僅六藝樣樣精通，能文能賦，見過他的親友無不讚譽他是「甘羅再世」。蔣濟夫婦以此獨子為傲，他常想像將來與兒子一起上朝的景象，那真是無比榮耀。誰知不到十五束髮年紀，兒子竟染上一種怪病，高燒不退，全身癱瘓，臥床不起，夫妻尋遍全國名醫，還是藥石罔效，最後兒子撒手人寰。

白髮人送黑髮人，喪子之痛，對這對父母是剖肝泣血，蔣濟的妻子因此臥病好幾個月，病好後，已經失去往日的風采了。蔣濟身為國家重臣，只得強忍住錐心之痛，繼續公務，但也已不如之前的容光煥發了。

雖然喪子悲痛隨著時間稍稍緩和，但令蔣濟妻子難過的是，兒子過世後，除了請人招魂或卜卦溝通外，一直沒能在夢裡見到，他只能天天捧著兒子的畫像，難過流淚。

就在兒子離世五年有餘的一天夜裡，竟然健健康康來到她的夢裡，穿著離開時的衣著，「我兒呀，為何現在才來？知道為母的想你，都想出病來了！」母親激動的緊緊抱住兒子，兩人淚流滿面。

「我也想念爹娘呀！只是泰山府君擔心我年幼夭折，魂魄薄弱，不堪負荷。現在我已到了陽世的弱冠之年，才能回來看您。都是孩兒不孝！壽命如此短促，連累爹娘傷心受苦。」兒子再三跪拜，蔣濟妻子牽起兒子，萬分不捨。

「你在那邊都好吧？」兒子聽到母親的問話，反而大哭起來：「母親呀，我到地府才知道，地府與陽間是多麼的不同啊。我活著的時候，承蒙父母的教導，身為學富五車、知書達禮的卿相子孫，文書才學是我的專長。如今在地府，我空有滿腹經綸，無法發揮。我所屬的地府縣令不依能力分派工作，我多次向他請求，他卻怪我故意偷懶，派我去當衙門的雜役，加上我體質虛弱，勞力工作難免閃失，經常招來責備羞辱。」

母親一聽，抱緊兒子哭了起來：「我可憐的兒子！是母親積德不夠，讓你在那邊受苦了。」

「母親呀，今天聽到一則消息，現任縣令即將退休，新任的縣令是我們同鄉，就是住在太廟西面叫孫阿的人。想請母親把這件事告知父親，請父親前去請求孫阿上任後依我的能力，給我適合的工作。我在世時，記得父親曾公正審判一樁膠著的案子，洗清孫阿的嫌疑，孫阿應該會聽從父親的建議，到地府能秉公分配人事工作吧。」

兒子說完話，再次向母親拜別，就消失了。蔣濟的妻子從夢中驚醒。這是兒子第一次來夢中與他相會，她又喜又悲。喜的是，她終於見到日思夜念的兒子，而且病痛已經好了；悲的是，他在陰府工作如此不順心。

隔天妻子詳詳細細告訴蔣濟兒子託夢一事，並問：「夫君記不記得孫阿這個人？要不要到太廟那邊去拜訪他，談談兒子的事？」

蔣濟苦笑一下，說：「娘子這些年來日日思子心切，所謂日有所思，夜有所夢，想念這麼久，每個母親一定會夢兒子。我平日辦公都公正處理，至於幫助過誰，從不記得，所以對孫阿這人沒有印象，也不知太廟邊是否有這個人？如果要去拜訪更是唐突，萬萬使不得。」

被蔣濟拒絕了，妻子雖然難過，想想蔣濟的說法有幾分道理，冒失的拜訪陌生人，有失夫君昌陵亭侯身分。但是想到兒子焦慮的表情，她連幾晚無法好好入睡。

這一夜，她翻來覆去終於睡著了。夢中，兒子又出現在她面前：「母親，我這次是奉令來迎接地府新縣令孫阿的，明天午時就要接走新縣令，到時候我們差役會有很多事情要忙，趁現在有空閒的時間，先回家看望母親，和您說說話，怕以後沒有機會回來看您了。父親封侯，氣勢旺盛，我無法靠近他，無法託夢給他。請父親念在父子情深的份上，趁孫阿還在世，幫忙轉達兒子的請求。」兒子接著詳細描述孫阿的長相和穿著，然後拜別母親趕去出公差了。

第二次夢見兒子後，妻子一直對蔣濟說這事。

蔣濟說：「我趕著上朝，回來再說吧。」

沒想到平日溫婉的妻子口氣變得嚴肅：「雖然說是個夢，萬一是真的呢？你豈不後悔死了。」

蔣濟謹慎回應：「我會去了解的。」

到底兒子託夢是真？是假？為何妻子堅決說兒子在地府受到不公平的

對待呢？

上朝前，他派一名侍衛先去太廟西邊打聽。不久，侍衛回報，真有孫阿這個人，而且衣著和長相都和兒子夢中描述的一樣。蔣濟驚訝不已：「原來兒子託夢說的都是真的。」他連忙趕到太廟邊拜訪孫阿。

孫阿一看到蔣濟，立即跪拜：「恩公為何光臨寒舍？」

蔣濟詳細述說過世兒子兩次託夢母親之事，並提到孫阿將前去地府任新縣令。孫阿相信恩公所言都屬實，他說：「如果命該絕，我樂於擔任地府縣令。至於令公子在世時，是遠近馳名的『甘羅第二』，才華洋溢，分明是個難得的文才，前任縣令怎派他勞役工作？待我上任後了解。」

蔣濟打躬作揖說：「我並非關說，只求新任縣令，評估其才能，給予適得其所的工作即可。」

孫阿再次鞠躬回禮：「恩公放心，孫某將來在地府一樣會秉公辦事，效法恩公。」

蔣濟離開後不久，侍衛來報，孫阿於午時因心病過世。

隔了幾日，蔣濟妻子又夢見兒子：「感謝爹娘！新縣令改派我擔任管理文書的職位，正適合我的能力，我會努力工作，請爹娘放心！」

妻子嘴角帶著笑意從夢中醒來，急著去告訴夫君這個好消息。

4

悲天憫人神仙事

河神劈山

很久很久以前，太行山西邊有一條汾水，汾水源頭的大怪石邊住著一尊巨靈神名叫秦洪海，他是由陰陽兩極元氣所形成的神祇。據說他的頭像裝米的斗盆那麼大，眼睛圓滾滾像銅鈴，頭髮直豎起來，腰圍一米多，長相憨拙，走路像猿猴。他雖然長相醜陋又身軀龐大，卻是一尊能疊造山川，引流江河，力大無窮又關懷萬物的神靈。

當時的黃河流域，每次流到太行山一帶，因為有渭水、汾水這些大支流的注入，磅礴水量就像一匹很難馴服的野馬，四處奔流，常常淹沒幾萬畝良田和民家。湍急的河水闖蕩在蜿蜒曲折的崇山峻嶺之間，致使崖壁崩落，激起兇猛的浪濤，吞噬來往船隻和漁民。玉帝聽說黃河沒人看管，到處橫流撒野，危害百姓，非常惱火，就任命巨靈秦洪海擔任黃河河神，負責治理之。

受命以來，河神每天認真巡視黃河流域。雖然說強風暴雨是大自然的現象，但黃河有時也會趁機猖狂，激起洪水肆虐兩岸，這時河神就會警告黃河，並協助引導湍急的水流，使沿岸居民的生活平安許多，人們都非常感謝他。

經過一段時間後，巨靈發現黃河每次流經華山，都要繞一個大彎再向南方迂迴而去。因為彎度太大，流速很快，水勢上下波動非常劇烈，凡是經過這裡的船隻都要戰戰兢兢的連續繞過大彎小彎，深怕被一波波湍急的浪潮拍打，人船就要葬身水裡。

河神更仔細調查附近山勢和水脈，原來這座華山矗立在河中，黃河流經這裡不得不繞彎改道，並非黃河刻意肆虐。可是這座大山已穩坐此處千萬年，要移除它談何容易。河神苦思，如何是好？他日夜來回山頂到山腳，想找出最有效的解決方法。終於從地形和山脈肌理中發現，原來這大山在

千萬年前是由兩座山緊密結合而成的。

這一發現，巨靈找到解決河患的方法了：「既然原是兩座山緊連在一起，我就讓他們各自獨立。」多日的煩惱有解了，他腳步輕快的走上華山，先在山頂養精蓄銳幾日。

他精神飽滿的仰頭向玉帝報告：「稟報玉帝，我將劈開華山，解除黃河氾濫成災的困擾。」說完，他面向華山，舉起粗壯的雙手，伸入原來兩座山間的遺留的小小縫隙。大叫一聲：「我以河神之名，命令你們兩座山，回歸原來各自位置。」接著，使盡力氣大喊一聲：「開！」話音剛落，這兩座山真的慢慢的被他掰開了，黃河的水流順勢從兩山之間流過。

但奇怪的是，為何水勢還是很急促？他低頭一看，原來兩座山的根部還是連在一起。他舉起大腳朝山根處，用力蹬去。這一踹，兩山才真的被劈開了，黃河水流瞬間順暢許多。

這兩座山，就是後人所知道的華山與少華山，正因為這兩座山被劈開後，面對面豎立形成一座峽谷，又像一道門框，所以被稱為「龍門」。

至今，我們還能在華山上看見數萬年前，由河神秦洪海用力劈開兩座山時所留下的指印和掌印。至於河神用腳踢開山根所留下的腳印，則要在首陽山下才可以清晰的看見，足見當時巨靈的神力有多驚人呀。

悲天憫人的樹神

「老天爺呀，請問祢何時要下雨！雨神呀，可憐可憐我們田裡的農作物，沒水灌溉，枯的枯、死的死。我們要怎麼活下去？」在漢水南方的龍舒縣有一個村莊叫陸亭，居民以農作為生，但最近半年竟沒下一滴雨。當地父老天天向老天拜求，仍不見一絲雨飄下。

這一天，三五個地方耆老約好，來到村子裡的大樹下討論如何解決乾旱問題。年紀最大的耆老首先說：「已經半年了，沒下一滴雨，莊稼枯的枯，死的死，連大樹邊這條河也乾涸了。這樣下去，我看只有搬離這裡才能活命。」一名灰白頭髮、灰白鬍鬚的老人說：「搬家談何容易，我一家十幾口人，要搬到哪裡去重新生活？」「是呀，是呀，我們要搬家也很難。」其他人都附和。

大樹下的討論沒結果，大家透過枝葉間隙，望著萬里晴空嘆氣。這時，

一名老人像發現什麼似的：「大家看看！這棵數十丈高的大樹在這此地很久了，常有上千隻黃鳥來築巢，遠遠望去就像聚集一大團黃色靈氣，我想大樹應該有神靈了。既然求老天爺沒回應，不如求求大樹神，幫忙傳達我們渴望下雨的心意。」陸亭的居民都贊成，於是大家扶老攜幼準備好供品，前來向樹神祭拜請求。

隔幾天，一名住在陸亭名叫李憲的寡婦，半夜起床，看到一名穿著衣裳織繡精美的女子，端坐在屋裡，嚇了一大跳，只見她慈眉善目，面帶微笑，輕言細語的說：「請別慌張，我是陸亭那棵大樹的樹神黃祖，我一向低調，不喜歡在大眾面前張揚顯靈。感謝這麼多年來，你風雨無阻，日日來樹下禮拜。我知道你為人恬淡平和，照顧街坊鄰居，大家都喜歡你、相信你。所以有一件大事，特來請託你替我轉達，我已經稟報玉帝獲准，隔天午後我將呼風喚雨，為這裡的居民帶來甘霖。」

等了那麼久，終於要降雨了！這大好消息令李憲興奮得無法入眠，她躺在床上等天一亮，立刻通知左鄰右舍，也轉知地方耆老。果真，第二天午後，天空飄來烏雲，瞬間大雨傾盆而下，不只農田裡的作物仰頭伸展，連大樹邊的河流都可聽到淙淙流水聲。歷經半年的旱災，終於結束了。鄉親們非常感念樹神恩德，在大樹下為她建了一個祠堂，請李憲幫忙照顧，重要節日時大家也都會來祭拜，因此香火興盛。

一天，樹神又託夢給李憲：「陸亭的居民太愛護我了，我怎麼承受得起呢，我就回饋大家幾條大鯉魚，一起分享了。」李憲一時不知是何意？她先趕到祠堂探個究竟。過不久，風起雲湧，河水變得湍急，突然幾十條的大鯉魚從滾動的河流中跳上岸，聚集在祠堂邊。李憲傳達樹神回饋之意，所有在場的居民沒有不驚奇的，大家更感謝樹神黃祖的慈悲與眷顧。從此大家平平安安度日，樹神也不再託夢，李憲則依然每天為樹神禮拜上香。

時隔一年後，樹神再次來找李憲，這次她憂心忡忡的說：「現在天下多處戰事不斷，這裡即將有戰亂，戰火的邪氣漫天密布，我的靈氣實在無法抵擋，必須先迴避。我把這個玉環交給你，可以庇佑這裡的居民，請你好好保管，一定要轉告大家，戰亂時期，千萬不可外出招惹事端，才可以平安度過。」說完，黃祖把手上玉環脫下。李憲醒來，看見玉環正放在床頭，她把玉環戴在手上，依照樹神的話向居民傳達。

不久，朝廷政權之爭愈來愈嚴重，戰事蔓延到龍舒縣這一帶，縣裡百姓為了避難，大家紛紛逃離，只有陸亭的居民安分自愛，守住這地方。說也奇怪，戰亂橫掃過整個漢水以南地區，唯獨陸亭平安無事。

門戶的守護神

相傳在遠古時代，東方滄海中有座大島，島上有一座度朔山，山上有一棵神奇的大桃樹，這棵桃樹不只盤距整個山頂，枝幹交錯向四面八方展開，約有有三千里之遙。最特別的是，桃樹的東北端有一根岔出的粗壯枝條延伸向下彎曲成拱形，形成一個天然大門，正好框在桃樹的洞穴口。

據說這洞穴裡面住著上萬隻各類鬼怪。黃帝憐憫這群無依歸的孤魂野鬼一直躲在桃洞裡，就允許它們在夜晚時分，當人們都休息的時候，可以出去洞外「透透氣」。所以每到

日落西山，鬼怪會從洞穴通過這道門跑出去，四處溜搭。桃樹的頂端住著一隻金雞，會在天未亮時就啼叫，鬼怪們聽到雞啼，一定要快速躲回桃樹洞裡，否則當升起的太陽光芒射出，這些鬼怪就會一隻隻被陽光消融。

但是，有好一段時間，百姓不停向黃帝投訴，有一大群鬼怪經常到民間撒野，擾亂百姓的生活，傷害無辜生命，已經到無法無天的地步。

原來這群夜晚出遊的鬼怪窮極無聊，總愛搞些小把戲。有的鬼怪會偷走百姓準備好的晚餐，害窮困的人家好幾天只能啃蕪菁度日，過幾日再把它們吃剩的餿菜堆回餐桌，讓這家人欲哭無淚；有的鬼怪愛搗蛋，會趁樵夫、獵人睡覺時偷拔他的鼻毛，要不就拔他的腿毛，讓人睡不安穩，隔天無力氣砍柴、狩獵，影響他們的生計；更調皮的鬼怪，會趁一家人不注意時把他們的頭髮綁在一起，只要其中一人突然離開，就會聽到全家痛得哇哇大叫和鬼怪在門外哈哈大笑的聲音。

這些都算小事，善良百姓還能容忍。誰知它們愈來愈囂張，近日開始傷害百姓。例如把夜歸的趕路人，活活吊死在樹上，甚至吃掉；有的鬼怪還任意騷擾良家婦女，使其嚇得精神錯亂，也有更大膽的鬼怪「晨不歸營」，偷偷躲在民家，等夜晚來臨繼續在當地搗亂。

黃帝相當震怒，但他日理萬機，實在沒有空餘時間一一處理這萬鬼夜行人間所滋生的事端。但是鬼怪作惡危害愈發嚴重，民怨沸騰。

於是黃帝指派他身邊兩個面貌比鬼還猙獰，內心卻很正直的神將，一個叫神荼，一個叫鬱壘，負責總管和監督這群在桃樹洞進出的鬼怪。兩名神將接旨後，手拿斧刀，帶著蘆葦繩，領著一隻大老虎，前去上任。

第一天，天未亮，隨著第一聲雞啼響起，他們已經鎮守在桃樹洞口。鬼怪們早就耳聞這大消息了，但不知黃帝派來的神將有多大能耐？靠近一看，嚇一跳，哎呀！竟然有人類長得比鬼怪還醜的。大鬼嚇得倒退好幾步，小鬼嚇得嗚咽起來。但是，再不躲進洞裡，不久就要太陽升起就要被消融了。它們決定先由小鬼去試探。

兩名神將用天眼嚴厲審查，鬼怪們這晚的行為是否觸法？他們互相討論每一個鬼怪該不該放行，讓它們回洞穴？

第一個小鬼「通過」，順利回洞穴，緊接著第二個「通過」、第三個「通過」。第四個小鬼被擋下來，神將要求它交代昨晚做什麼壞事，小鬼緊張得尿褲子，發抖的說：「對不起！我我我——跟農家的雞玩，拔了幾根雞毛，以後不敢了。」神將看它有悔意，就說「通過」，接下來第五、第六、第七……「通過」、「通過」、「通過」……好幾千隻鬼怪已經過關了。

在旁邊觀察的大鬼們，覺得兩個神將看來是面惡心善，做錯事只要說：「對不起」、「下次不敢了」，就會放行，於是大膽的走向洞門。

大鬼一「通過」、大鬼二「通過」、大鬼三「通過」……輪到第四百四十隻大鬼要進門，卻被神將擋下，它心知肚明馬上說：「對不起，昨晚只是跟那個夜歸的人玩玩，下次不敢了。」正準備大搖大擺走入洞穴時，突然飛來一條蘆葦繩將其緊緊捆住。

如洪鐘般的聲音震得整棵桃枝都搖晃：「大膽惡鬼，做了傷天害理的事，豈可饒恕！」

大鬼四百四被捆得快不能呼吸了，急著求饒：「大神將呀，我知道我做錯事了，我有說『對不起』，也說『下次不敢了』，你綁得我好痛啊！請快放開我。」

神荼怒言：「你把那個夜歸人吊死在樹上，害他全家失去生活支柱，怎可一句『對不起』就過關？」

大鬼四百四還狡辯：「我只想跟他玩，都怪人類太脆弱啦。而且，剛剛那個小鬼做錯事都被原諒了，求求神將放過我這次吧。」

鬱壘更加生氣：「奪走一條無辜的人命和拔三根雞毛，怎能相提並論？真是不知悔改！」立刻抓起他，丟入老虎口中。

一些惡鬼自知做了罪大惡極之事，正想逃走，神將的斧刀早就架在身上，一一受到懲罰了。

其他鬼怪嚇得不知所措，只能乖乖依序通過兩位神將陟罰臧否的審判。

由於神荼、鬱壘賞罰嚴明、剛正不阿，所有惡鬼非常懼怕他倆，不敢再作亂。山下老百姓又回到安居樂業的生活，每一家都希望能請這兩名神將當「守門的好神」，他們一再祈求黃帝，黃帝當然知道。但是只有一對神荼、鬱壘，如何創造出分身呢？

為了長治久安，聰明的黃帝左思右想，制定一道驅鬼避邪、打擊惡鬼的方法——那就是家家戶戶都用能避邪的桃木雕刻一尊人像，立在門口，又在門上畫上神荼、鬱壘兩名門神和老虎的畫像，就能嚇退前來騷擾民家

的惡鬼。

百姓都非常感激「守門的好神」為他們鎮邪保平安，因此尊稱他們為「門神」。

相隔近五千年的今日，我們依然可看到有人家門上貼上門神，或是廟宇大門也會畫上門神，宣示「門神在此，惡鬼莫入」，守護眾生平安。

來自星星的他

三國時代，曹魏、蜀漢、孫吳各據一方，彼此對立，明爭暗鬥，想方設法併吞對方，一統天下。但獨霸中原，並非那麼容易，三國相爭或聯軍或對抗，各種戰事一再陷入膠著，長久處於三國鼎立的局面。

這其中孫吳最晚立國，根基不夠穩當，國境邊防需要忠誠將士堅守保衛。到了景帝孫休，個性多疑，為防患邊疆將士叛變，特別頒布一道詔令：「體恤邊防駐守將士奮勇作戰，保家衛國，勞苦功高，其妻兒家人一律由國家妥善照料。」這詔令的旨意，表面上是體恤將士防守邊關的辛苦，其實是君王強制將他們的家眷集中在都城當人質，防止將士變節，投靠敵人。而這些被迫集中住在都城的家人，給予美名叫：「保質」。

這些住在「保質」眷屋的少年、兒童，平日常三五成群的聚在一起遊玩嬉戲。他們的童玩非常多樣，有蹴鞠、投壺、鬥雞、鬥蟋蟀，角力、摔跤、擲骰子、玩棋等等。

這一天，十幾個孩子又聚在眷屋外的廣場玩耍，他們正比賽蹴鞠，兵分兩隊，你踢我搶的，較量非常激烈。其中一個孩子搶到球，用力一踢，球飛往大門外。當他跑去撿球時，那球竟自動飛進來，大家都嚇一大跳。定神一看，一個小孩從門外走進來。

這個孩子高約四尺，看起來大概六、七歲，他穿著一襲青布衣服，長相有種說不出的奇怪。「保質」眷屋的孩子都很好奇，大家七嘴八舌的爭相詢問他：「我們從沒有看過你，你是哪一家的孩子？」、「你不是眷屋的小孩吧？」、「怎麼忽然跑來這裡？」面對這名陌生小孩，大家有太多疑惑了。

那孩子很平靜的回答：「我是從外邊來的，我看見你們一起玩，很快樂，很有趣，我很想跟你們玩，所以就走進來了。」接著，他很客氣的問：「我可以跟你們一起玩嗎？」所有孩子看著彼此，不約而同的回答：「好喔。」那孩子又說：「但是我沒玩過，你們可以教教我嗎？」孩子們同聲：「沒問題！」

一個大孩子開始教他：「蹴鞠的遊戲很簡單，先分成兩隊，只要能運球到對方的竿子外就算贏。但要記得踢鞠球只能靠腳、膝、肩、頭等部位控球，如果用手丟球就犯規。」那個孩子雖然小，一聽就懂，馬上加入遊戲中，和眷屋的小孩們玩得不亦樂乎。

比賽完，大家坐著休息，聊天。有小孩看著那個孩子的眼睛跟一般人不一樣，忍不住問他：「為什麼你的眼睛特別明亮，好像裡面有火光射出來？我越看越害怕。」那個孩子聽到這樣問話並沒有生氣。他和氣的回答：「你們會害怕嗎？不要怕，我不會傷害人的。沒錯，我跟你們不一樣，我不是人類，我來自另一個星星。」

現場孩子聽了都很驚奇，他們從來沒看過來自他方世界的孩子。剛剛

跟他玩蹴鞠，他一直和和氣氣的，所以大家也不害怕，反而都圍了過來，好奇的問這名從星星來的客人：「如果你是從天上星星來的，請問你來自哪一個星星？」那孩子很冷靜的指著天上說：「我來自火星。」

有個大孩子進一步問他：「你這麼小，怎麼自己下凡來？」

星星孩子輕輕一笑：「因為喜歡你們，我想和你們做朋友，我就以小孩子的樣子和你們相處。其實以你們的年齡來算，我年紀很大了。」

他又說：「你們真是一群天真無邪的孩子，我就告訴你們一個未來的天機吧！你們知道嗎？將來整個天下都會歸司馬氏。」對這群孩子來說，他們不懂國家政治，對星星孩子所說的天機，根本一知半解。其中只有年紀大一點的推測，星星孩子的意思是指以後時局會有很大改變。一些小孩乾脆跑回家轉告大人，家中大人一聽，竟有陌生的小孩談論改朝換代的國家大事，那還得了！如果被外人知道去密告，那可是死罪呀。

幾家大人匆匆忙忙跑出家門，來到廣場。星星小孩看到他小小的一個預言，卻驚動了大人，就說：「是時候，我要離開了，其他留給你們將來印證吧。」

說完，他縱身往上一跳，立刻不見了。大家仰起頭來望向天空，只見他的身影拖著一條白色綢緞一直升向天空。趕來的大人們也看到一條白色雲霧逐漸升高——升高，過一會兒就不見了。

當時孫吳時局極為動盪不安，對老百姓統治很嚴苛，為了自身安全，沒有人敢說出這件事。

幾年後，蜀漢滅亡，曹魏被晉取代，最後連孫吳也被征服了。

當年那群孩子長大了，他們親眼見看到混亂的戰爭，時局一再改變，最後真的由司馬氏一統天下。

羽衣仙子

「叩叩叩！舅父，我阿清啦，不是說今天要幫您除草種麥子嗎？」

「咿─呀─」一聲，門打開，「喔，阿清來了。阿武又受風寒，昨晚咳了一夜，好不容易止咳，我就睡過頭了。我準備一下馬上出發。」

古早時期，在一處偏遠的地方，有一對窮苦的父子張老頭和他兒子阿武，平日靠著耕種維生。阿武雖然喜好讀詩文，不喜農作，但家境貧困，無法供他讀書，只能勉強和父親下田。可是野地風大日烈，加上他生來瘦弱，三天一小病，五天一大病，張老頭只好請來妻舅的十二歲小兒阿清幫忙農稼。阿清雖然生性頑皮，農活頗能勝任，幫了張老頭不少忙。

這一天，他們汗流浹背在田裡除草時，阿清突然看見不遠處有六、七位穿著飄逸白色錦衣的美麗女子，一路細語嘻笑走過田野邊。阿清一時好奇，丟下鋤頭尾隨在後。

這群美麗女子來到附近一處清澈的池塘，脫下的衣服掛在池邊的樹籬上，走進池塘沐浴嬉戲。這時，阿清趴下身子，匍匐到樹籬處，抬頭看到樹上掛滿上輕柔的亮白羽毛衣，那比絲綢還柔美的衣服是他從未見過的，一時興起偷了一件，跑回去向舅父炫耀。

「哪來這麼珍貴的女子羽衣？這一定是富貴人家的，別頑皮，快快拿去還人家吧，免得挨人一頓毒打。」

阿清一聽會挨毒打，嚇得把他所見一五一十告訴舅父。聽完阿清的話，張老頭急著拿衣裳去歸還。

走到樹籬旁，張老頭大喊一聲：「姑娘，抱歉！我家姪子頑皮拿走你的衣服……」話未完，聽到隔著樹籬的水塘裡傳來紛雜的「嗶嗶波波」水聲，她們快速穿上掛在樹上的衣服。其中一女子說：「糟糕，被凡人發現會有生命危險，我們得快快離開。」又聽到另一女子哀求：「哎呀，我的羽衣不見了，姊姊，等我一下啦。」接著有一群潔白飛鳥臨空飛走。張老頭心中一怔：「莫非這是仙女的羽衣？」又一想：「仙女不是有法力嗎？或許可以幫助我脫離窮困。」於是心生一計，他藏起羽衣，將自己的外衣丟過樹籬：「姑娘先穿我的衣服，待我幫你取回羽衣。」

仙女穿好衣服，哭喪著臉穿過樹籬，說：「求求老伯幫我找回衣服，不然，我回不了家了。」張老頭從未見過如此美麗的仙女，他又生起歹念：「仙女如果能為我張家傳宗接代，那我就不用擔心斷後了。」於是他帶著仙女回家等候，說去向姪子要回羽衣。其實他一方面去警告阿清不可再來他家，一方面又回來誆騙仙女，阿清被家人帶去外地打工，短時間不能回來。

單純的仙女以為張老頭不知她是仙女，也不敢告訴他。但是沒有羽衣就失去法力，與凡人沒兩樣。她只能一面等待阿清歸還羽衣，一面在張老頭家幫忙家事，照顧體弱多病的阿武。所幸阿武談吐有禮，兩人說話投機，漸漸有了情愫。從旁觀察的張老頭見時機成熟，半推半就促成兩人的親事，並答應一定找回羽衣讓她回家。

婚後，仙女除了平日操持家務、照顧丈夫，農忙時也到田間幫忙張老頭農作，街坊鄰居都說她真是一名賢內助，張家生活慢慢改善為小康家庭。過了一年，仙女生下一個女兒。然而阿清遲遲沒有回來，她有次問張老頭，張老頭回答：「我去他家看看。」結果出門閒逛一圈，回來說阿清又換到更遠地方工作。

仙女問急了，張老頭皺著眉頭說：「你說娘家非常遙遠，來回要一年半載。現在孩子幼小，無人照顧，你為娘的怎麼忍心離開？等孩子長大些再說吧。」善良的仙女覺得公公說的有幾分道理，就再等些日子。

過三年，仙女又生下一個女兒，大女兒慢慢懂事了，丈夫身體愈來愈健康，也能照顧兩個女兒。她再請公公去打聽阿清回來沒？張老頭故技重施說：「阿武身體時好時壞，你為妻的怎麼忍心，把女兒們丟給體弱多病的丈夫，自己離開？等她們長大些再離開也不遲。」乖巧的仙女只好繼續留下來。這些事丈夫看在眼裡，知道其中有蹊蹺，但這些年來，因為仙女的細心照顧，他才能漸漸恢復健康。自私的他非常害怕賢慧的仙女妻子離開不再回來，也就默不作聲。

後來仙女再生了一個女兒。等到小女兒懂事能跑能跳，多年的察顏觀色，仙女開始懷疑張老頭的說法只是個藉口。她暗地裡苦求丈夫：「我和父母不告而別多年，還為你生了三個孩子。可是公公一直不願告訴我阿清的住家，也不願把羽衣還給我。其實我的父母懂得藥材，我回去探望父母，也是想向他們求治好你病症的藥方呀。」丈夫聽到仙女妻子對他有情有義，覺得自己太自私了。於是坦白說出知道她是仙女一事，並告訴她阿清的住處。這下仙女才知道這一家人是故意留住她的，她忍住滿腔怒火，但眼下先找到羽衣再說。

隔天，趁張老頭早早出門去隔村喝喜酒，仙女趁機按照丈夫說的路線找到阿清家，一見到阿清，她才知道，原來那麼多年來，羽衣一直被張老頭藏起來。她又生氣又難過，一路哭回家。

三個女兒從未看過母親如此傷心，問：「娘，您為何這樣傷心？」仙女就把爺爺不守信用，藏了她的羽毛衣，又不讓她回去探望父母的事告訴孩子們。孩子們聽了，安慰母親說：「爺爺如此不守信用，實在不應該。請問娘，我們如何能拿回羽毛衣？」

傍晚，張老頭醉醺醺從外面回來，直喊頭痛，大孫女一面為他奉茶、按摩，一面聊天：「爺爺啊，妹妹剛剛說她看到家裡藏了一件很漂亮的羽毛衣，她有空都會拿出來把玩，真的嗎？我也想看看。」爺爺一聽，急著要坐起，卻扶著頭說：「我頭痛得很，你快去穀倉的稻穀堆底下找找，如果還在，趕快拿來給我，千萬不可以讓你母親知道。」

大女兒拿到羽毛衣立刻交給母親。仙女穿上羽毛衣，立刻變成飛鳥，離開前仙女跟孩子們說：「孩子們放心，娘一定會再回來看你們的。」說完就凌空飛起，消失在天際。

等張老頭酒醒後，找不到仙女，大發雷霆。從此天天責罵阿武無能，無法留住妻子，阿武羸弱的身體，哪堪他日日精神折磨，病體愈來愈衰弱，最後在病榻上吐了一口血就離世了。

失去父親後，孩子更加想念母親。有一天，女兒們正忙著爺爺交待的家事。突然，打掃庭院小女兒大叫著：「是娘回來了！娘真的回來了。」同時間，在田間工作的張老頭，抬頭看到天上有一隻美麗的潔白飛鳥，飛往他家，愈飛愈低。他高興的丟下農具，死命的往家裡跑，他想，只要向仙女道歉，善良的仙女應該會原諒他欺騙的行為，也會為三個孩子留下來吧。

當張老頭匆匆忙忙跑到家門口時，看到孫女們已穿上羽毛衣，三個孫女高高興興的向他揮揮手，跟著母親一起飛走了。

5 貴得知音成傳奇

焦尾琴和柯亭笛遇到知音人

蔡邕是東漢末年才華橫溢的大臣，同時也是文學家、經學家、書法家，還上知天文，下知地理。不只如此，他更是精通音律的音樂家。如此多才多藝，本是朝廷難得的臣子，卻因他為官時剛正不阿，經常提出很多諫言，每每得罪朝中貪官汙吏，那些惡質官員對他恨之入骨，一直在等待機會除掉他。

到了漢靈帝時期，朝政日益敗壞，他上書靈帝直言要重振朝政，必須剷除專權的宦官、杜絕外戚干政。不巧奏摺被弄權宦官王甫看見，他反受誣陷，判罪充軍，流放到千里之外，在冰天雪地的北方作苦役。蔡邕一家人好不容易熬過了一年，正好遇上國家大赦。

當他帶著家人高高興興要回洛陽時，途中經過五原郡，當地郡守王智聞風而來，強行將他留下，說是仰慕他的才華，要與郡內官員一起為他餞行，蔡邕無法婉拒。宴會中，郡守一邊忙著收取官員的賀禮，一邊令蔡邕彈琴奏樂為宴會助興。看著這名貪官的嘴臉，蔡邕突然想起，這不就是那專權宦官王甫的弟弟？才一年多，已經升官為郡守了，想必是依靠王甫的裙帶關係，豈能與此濫官奸臣同處一室？正想偷偷離開，王智卻踩著顛三倒四的醉步過來逼他飲酒，蔡邕忍無可忍，怒氣爆發一手打翻酒杯，斥責他貪婪腐敗，然後氣憤離去。

一路上，他自知得罪了當今最有權勢的宦官兄弟，回洛陽恐怕遭遇不測。於是攜家帶眷匆忙逃亡，想到南方吳郡和會稽一帶投靠泰山羊氏，避避風頭。

蔡邕逃亡中途先在會稽高遷暫住一段時候，他住的宅子附近有一大片竹林，蔡邕閒暇時看著鬱鬱蔥蔥的竹林，清風迎來，根根修長的竹子搖曳生姿，竹葉廝磨窸窣作響，突然靈機一動，何妨找根好竹子，來做出更美

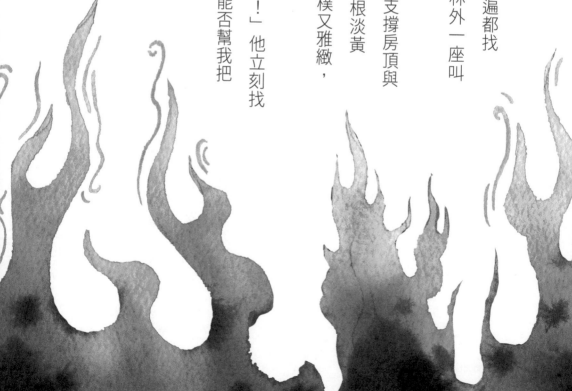

妙的樂器。他在竹林間來回穿梭好幾遍都找不到適合的竹子，不知不覺走到竹林外一座叫「柯亭」的亭子。

當他在亭子裡坐下後，抬頭看到支撐房頂與屋瓦的竹子中，有一根很是不同，這根淡黃色竹子上面有美麗的絲線紋，顏色古樸又雅緻，跟別的竹子很不一樣。

「對！這就是我在尋找的竹子啊！」他立刻找來在附近的工匠，請求他：「大哥，能否幫我把右邊算起第十六根竹椽子抽出來？」

「不行，我才剛把這屋頂蓋好，怎麼可以隨便抽掉一根竹子？屋頂會垮下來呀，你要竹子，到竹林找到喜歡的，多少根我都可以砍

給你。」

「不不！大哥，請你行行好，我看得出這根竹子非常特別，我能讓它發揮它的優點。」

工匠實在不懂蔡邕在說什麼，只覺得這個人態度誠懇，不是開玩笑的，拗不過，只好抽掉這竹子，另做一個椽子替補。

蔡邕興高采烈帶著這根竹子回家專心研製成一根竹笛，笛音果然不同凡響，輕快處如銀鈴迴盪，婉轉時如繁花飄風。連偶然經過的路人都會駐足聆聽，流連忘返。蔡邕對竹笛說：「這麼悠揚的音樂，一直被墊在屋頂下當椽子，太委屈你了。」就為它取名為「柯亭笛」。

還有一次，蔡邕來到吳郡縣一處江邊，遠遠看到一個老人家正在燒水。老人家先架起三根大木條，中間懸掛一個大鍋子，下面點燃柴火，然後挑著水桶去盛水。

先是隱約聞到梧桐木的香味，蔡邕受到吸引慢慢走向火堆。當他來到火堆前，看到柴火中有一大塊青桐木，在火光中飄出陣陣香味。但此刻更吸引他的卻是火焰中，青桐木發出一聲聲比「嗶嗶啪啪」還要清脆的聲音，精通音樂的蔡邕知道這木塊絕對不是一般的青桐木，他顧不得熊熊烈火，立刻伸手抽出那塊木頭，將木頭上的火熄滅。他仔細端詳這木頭，不得了，這是一塊上等的老青桐木，燒不得！燒不得！

這時，燒水的老人家正好挑水回來：「水滾了嗎？謝謝你把柴火抽掉一些，才不會燒破鍋子。」說著，打開鍋子一看，水根本還沒滾燙。

「這怎麼一回事呀？」老人家一下子變了臉色。

蔡邕充滿歉意的賠不是，說：「晚生性喜音律，閒暇時，能自製樂器。近日一直想找一塊好木頭，做一把好琴，剛剛路過，聽到這塊木頭在烈火中發出的聲音，正是製七弦琴的好材料，又擔心好材料被燒光，所以沒等您回來，就將它抽出來。非常抱歉！不知您可否割愛，把這木頭賣給我？我願意以高價向您買下這塊木頭。」

老人家聽了，笑說：「對我來講，每根木頭都是柴火，只是用來燒水煮飯罷了，沒有什麼特別的，你喜歡就拿去吧。瞧那邊，我今天砍了不少柴，不缺這塊。這木頭就送你，希望如你所說的，它真的是一塊製好琴的材料。」說著，邊揮揮手示意蔡邕把木頭帶走，然後自顧自的繼續燒水。

蔡邕謝過之後，欣喜的把木頭帶回家。當他要把這塊老木頭雕刻成七弦琴時，卻避不了琴尾燒焦的痕跡。他的好友勸他設法磨去這把琴的焦痕，但蔡邕思來想去，改變七弦琴的外貌，一定會喪失七弦琴應有的美妙音律，好琴最重要在琴聲，蔡邕最擅於依材質的優點製出好琴，而非琴的外表。他決定維持琴身樸素無華的樣子，琴尾留有燒焦的痕跡也無妨。

當他完成這把七弦琴後，凡聽過的人無不對那如高山、如泉水的琴音所傾心。而琴的外表反而成了這把琴的特色，因此取名為「焦尾琴」。

博學多才的蔡邕暫居在南方，一心等待漢靈帝能了解他忠心愛國的赤誠，再次敦聘他回朝廷，怎料，他在吳會一待就過了十二年。等他再回到朝廷，已經改朝換代，最後落得無辜被殺的命運。

反觀，柯亭笛和焦尾琴如此幸運。柯亭笛原來一輩子當椽子被壓在屋頂下，焦尾琴原本被當柴火燒成灰燼，因為能遇到蔡邕這樣的知音，它們才能發揮所長，留名數千年。

丈夫的討債遺言

隗炤是一位博學多聞人士，但他生性淡薄名利，不喜過問世事。他與家人住在汝陰郡鴻壽亭附近的一座祖傳宅院，靠著一畝薄田過著清心寡慾的田園生活。妻子勤儉持家，但每次見到鄰人穿金戴銀，就忍不住抱怨丈夫空有滿腹經綸，不知求官富貴，落得生活拮据。但看他閒暇時除了好讀《易經》外，每日在田間辛勤工作，全家生活也算平順，就不苛責他了。

後來隗炤生了一場大病，大夫幾次看診，未見好轉。家中僅有一點點積蓄就要花光，妻子心急如焚，跟丈夫說：「我們把宅院賣掉，就有足夠銀兩可為你治病了。」隗炤從被窩裡伸出顫抖的手，使力搖動：「房子不可賣。我算過自己的陽壽已到，仙丹妙藥也救不了。剩下的銀子留著，你和孩子好度日。」太太本來很擔心，聽到丈夫的話，反而有些怒氣：「你生了重病，還胡言亂語，只相信那本翻爛的《易經》。你算卦真的這麼準嗎？那麼你算算我們何時有錢，可以過好日子？」

沒想到，這時隗炤突然從病榻上坐起來：「你再忍耐一段時間，我們會有錢的。快給我板子和筆，我告訴你原因。」妻子本來有些生氣，看他坐了起來，嚇一大跳，趕快去拿一塊板子和筆。隗炤在板子上畫完圖，交代妻子：「這板子很重要，你一定要好好保管。」

妻子接過板子一看，淨是看不懂的圖像，是不是丈夫病重胡思亂想的怪舉動？丈夫用盡所有力氣繼續說：「我死後，沒多久，你們會遇上大災荒，那時這一帶大家生活很苦，我們家會更窮苦。即使這樣，也不可以賣掉祖傳宅院，你一定要帶著孩子撐下去。等到五年後的春天，一名君王身邊姓龔的使臣會路過這裡，屆時他會住在鴻壽亭的驛站，這名龔姓使臣曾經欠我一筆金子。你一定要記得，到那時候帶著這塊板子去跟他討債。有了這筆金子，兒子可以好好讀書發展一番事業，你也可以好好過生活。記得千萬不可變賣祖產！一定要記住呀！」

妻子想，丈夫個性有些孤僻，平日朋友寥寥可數，結婚至今，從未聽他提及有這種高貴身分的友人，怎會與這位使臣有債務問題？正想詳細探問，沒想到，丈夫頭一沾枕，已經氣絕了。妻子非常傷心，叫來兒子，急著辦理丈夫的喪事，便將那塊板子隨便塞在臥室角落。隨著時間流逝，漸漸遺忘了。

丈夫過世還不到一年，汝陰郡一帶數月沒降雨，鬧起旱災，緊接著蝗蟲大舉飛來，又來一場蝗災。隗炤家的農田種作本來就只能糊口，遇上接二連三的災荒，家裡已經斷糧。妻子看著宅院，急得大哭起來：「夫君真如你猜測的，我們遇上大災難了，現在家裡一點米糧都沒有，你不許賣祖產，難道要我和兒子餓死在宅院裡嗎？」

隔天，妻子拿出她僅剩的銀飾嫁妝變賣，和兒子四處打些零工，就這樣熬過了這場災荒。從此母子省吃節用，平靜度過了數年。

這一天，母子兩人做完農作，經過驛站附近，聽到人聲鼎沸，兒子走近打聽，原來有皇上的使臣路過暫住驛站。鴻壽亭地處偏鄉，很少有大官

到來，有些居民趁機請願，有些居民來看熱鬧。妻子仔細一算，正好是隗炤離世五年，她趕快去請問亭長，果然是姓龔的使臣，妻子心裡一顫，正是丈夫口中的欠債人來了。妻子和兒子趕忙回家翻箱倒櫃，找尋那塊板子，終於在臥室門後找到。

隔天，天尚未亮，妻子抱著那塊板子，來到驛站大門外守候。見到龔姓使臣時，她拿出這板子，戰戰兢兢向龔姓使臣說明：「這是亡夫隗炤臨終前親手畫下的，他說，大人曾經欠他一筆金子，五年後您會在此出現，請您看這塊板子就記得了。這是他親口交代的，我不敢欺騙大人呀。」龔姓使臣接過板子看了看上面的圖像，非常納悶：「一來，我從不欠人銀兩，我也不認識你的亡夫，哪有欠債一事？二來，這板上所畫的，我不解其意。若說你亡夫彌留中口誤，他卻能說出我的姓氏，連到此地的時間也能說得準確，此事確實奇怪。請問你亡夫生前最常做什麼？」

妻子說：「回稟使臣大人，亡夫本是個讀書人，但不慕官職，除了田園勞作外，他閒暇勤讀經書，尤其喜歡研讀《易經》，他自稱料事如神，卻未曾替別人卜卦過。」同樣擅長易經卜卦的龔姓使臣，聽到隗炤喜歡《易經》算卦一事，他心裡有些明白：「這也許是他找我的原因吧。」

使臣先請隗炤的妻子一旁就坐，他拿出隨身攜帶的卜卦蓍草，依照板子上的圖像，開始推算卜卦，過了一會兒，他看看所有的卦象。忍不住邊鼓掌邊自言自語：「妙哉！原來高手隱居在民間。」他轉過身來，向隗炤妻子打躬作揖，隗炤妻子受寵若驚，立刻起身回禮。

使臣客氣的說：「其實我沒有欠你家金子，隗炤自己就有金子。」

隗炤妻子用力的搖搖頭：「不！不！不！我家很窮。」

「別急，聽我說分明。隗炤早就算出他死後，會遇上一段天災，你家會很窮困，如果那時候就讓你們知道有這筆金子，你們養成享受揮霍的習慣，往後就很難適應克勤克儉的生活了。所以刻意把金子藏起來，等你們學會量入為出時，才能懂得好好運用這些金子。隗炤真是神機妙算的高手，他早就算出，五年後我會經過這裡，故意把幾個卦象畫下來，借重我能推算卜卦，告訴你們五百斤黃金的位置。」

妻子初聽有點暈眩：「那——那請問大人，我家五百斤黃金藏在哪裡？」

「你家應該有個不小的後院？」

「是呀！我夫臨終遺言，要我們絕對不可把宅院賣掉，我家窮得要命，只剩下宅院大空殼。」

「哈哈！不是空殼，你別抱怨。幸好你沒賣掉宅院。在你家後院東邊，離牆一丈遠，離地九尺，有一個青色的瓷甕，上面蓋著一個銅盤。那五百斤黃金就放在裡面。」

隗炤妻子謝過使臣後，快跑回家，帶著他的兒子，到後院挖地，正如使臣所言，五百斤黃金就藏在蓋著銅盤的瓷甕中。

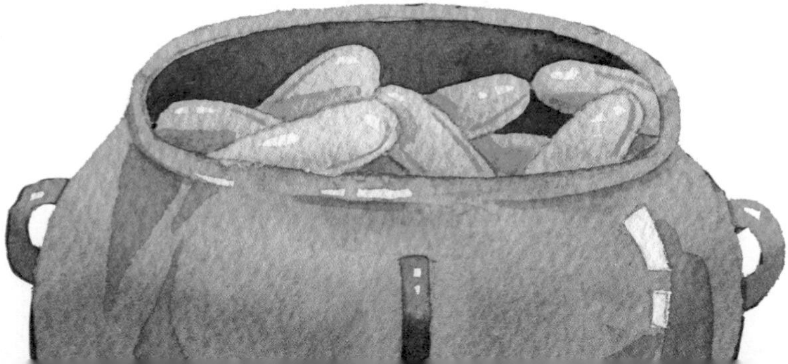

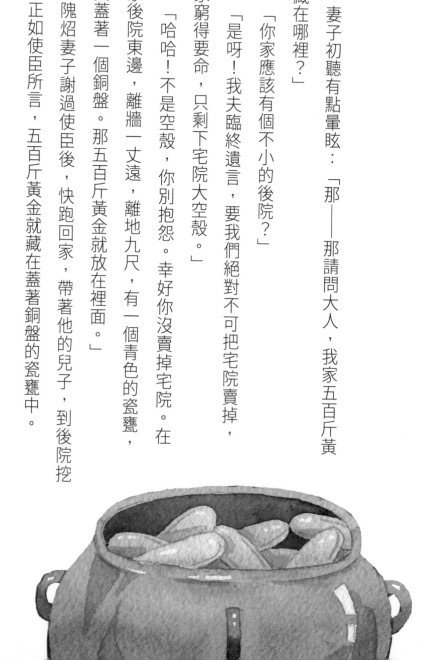

一個王的誕生

槀離國王正忙著批閱臣子的緊急奏章，一個貼身侍衛急急忙忙前來密報。國王一聽跳了起來，顧不得奏章有多急迫，馬上下令：「立刻召那宮女晉見。」

宮女來到殿前。君王怒不可遏：「大膽賤婦，竟與人私通有孕，破壞宮規，立刻論斬。」跪在殿前的宮女，涕泗橫流，嚇得全身發抖，為了腹中的孩子，她鼓起勇氣大聲求情：「君王饒命啊！君王聖明，請聽卑職說分明，再斬不遲。卑職一向恪守宮規，自從進宮後，未曾離開後宮一步，後宮宮女皆可為證。且宮中除太監外，皆是女流，如何有娠，卑職也不知所以？只記得多日前，突

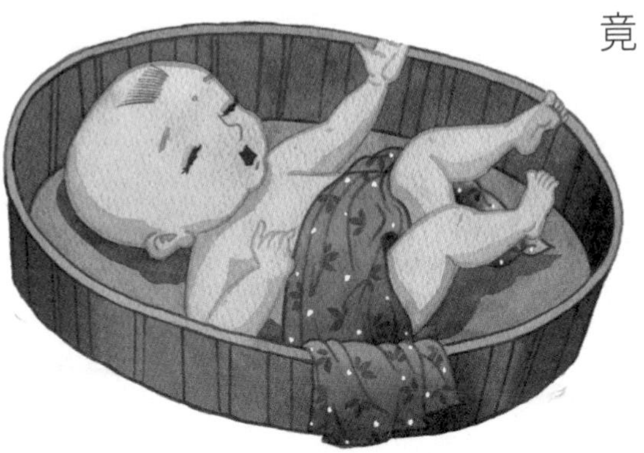

然夢見一團氣如雞卵，自天降下，正好掉在卑職腹上。卑職以為蛋破而驚醒，伸手撫摸，沒有痕跡，也不以為意。誰知因而懷孕。上天有好生之德，懇請君王留下這腹中胎兒。」

君王覺得雖然宮女所言荒謬，但若現在斬殺她，一屍兩命，他好生之德的美譽不就毀於一旦？決定暫時饒她不死。

數月後，宮女生下一個男孩。君王命太監偷偷將嬰兒丟棄。太監先是將男嬰丟入豬圈中，卻看到豬圈裡所有豬圍住嬰兒，不斷對著嬰兒哈氣。過了兩日，太監想來收屍，卻看見嬰兒正手舞足蹈的和豬隻們玩；嬰兒沒死，如何回報？太監把嬰兒放進馬棚裡，那兒天冷風大，赤身裸體的嬰兒應該無法活命。同樣的，他又看到馬匹成群對著嬰兒哈氣。隔天來到馬棚，看見馬兒一隻隻用嘴舔著這個男孩。太監立刻趕往王宮稟報君王。

君王也非常驚訝，「真是奇蹟呀！看來這孩子命不該絕。」於是命令他的母親皇太后收養他，並取名為「東明」。

東明年紀稍長，就被派任去放牧官馬。才過幾年，有侍衛向君王回報，東明不只學會所有騎馬技能，還擅長馬上射箭。君王覺得不可思議，他前去偷窺，一看不得了，東明拉弓射箭百步穿楊，國內高手無人能比。君王本想收他為手下騎兵，如今看來，這麼高超的騎技和百發百中的箭術，完全超越君王武術。

生性多疑的君王，開始擔心如此猛將，只怕不久，會反過來奪取他的國家，現在不除，尚待何時？於是暗中安排精銳士兵，準備隔日將他斬除。

東明無意中得知消息，背起隨身弓箭，連夜逃出稾離國。君王發現他已逃出國境，大為震怒，下旨格殺勿論，以重賞命令所有將士即刻追殺。

東明一路往南方逃走去，後面大隊騎兵愈追愈近。當他逃到一條叫「施掩水」的岸邊，回頭看來捕抓他的軍隊已在一里內，他面對廣闊水面卻沒辦法渡過，真是「前去無路，後有追兵」！

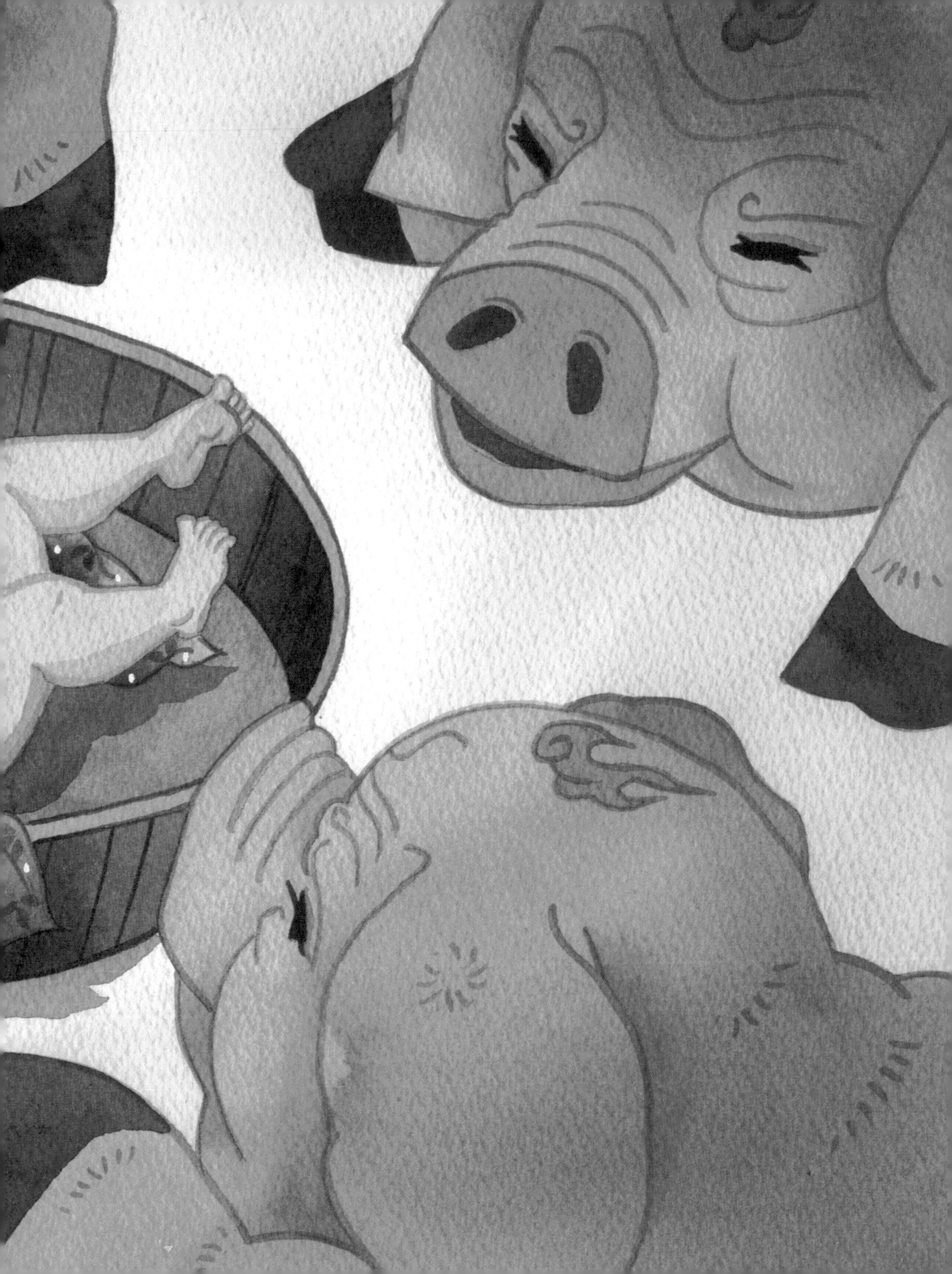

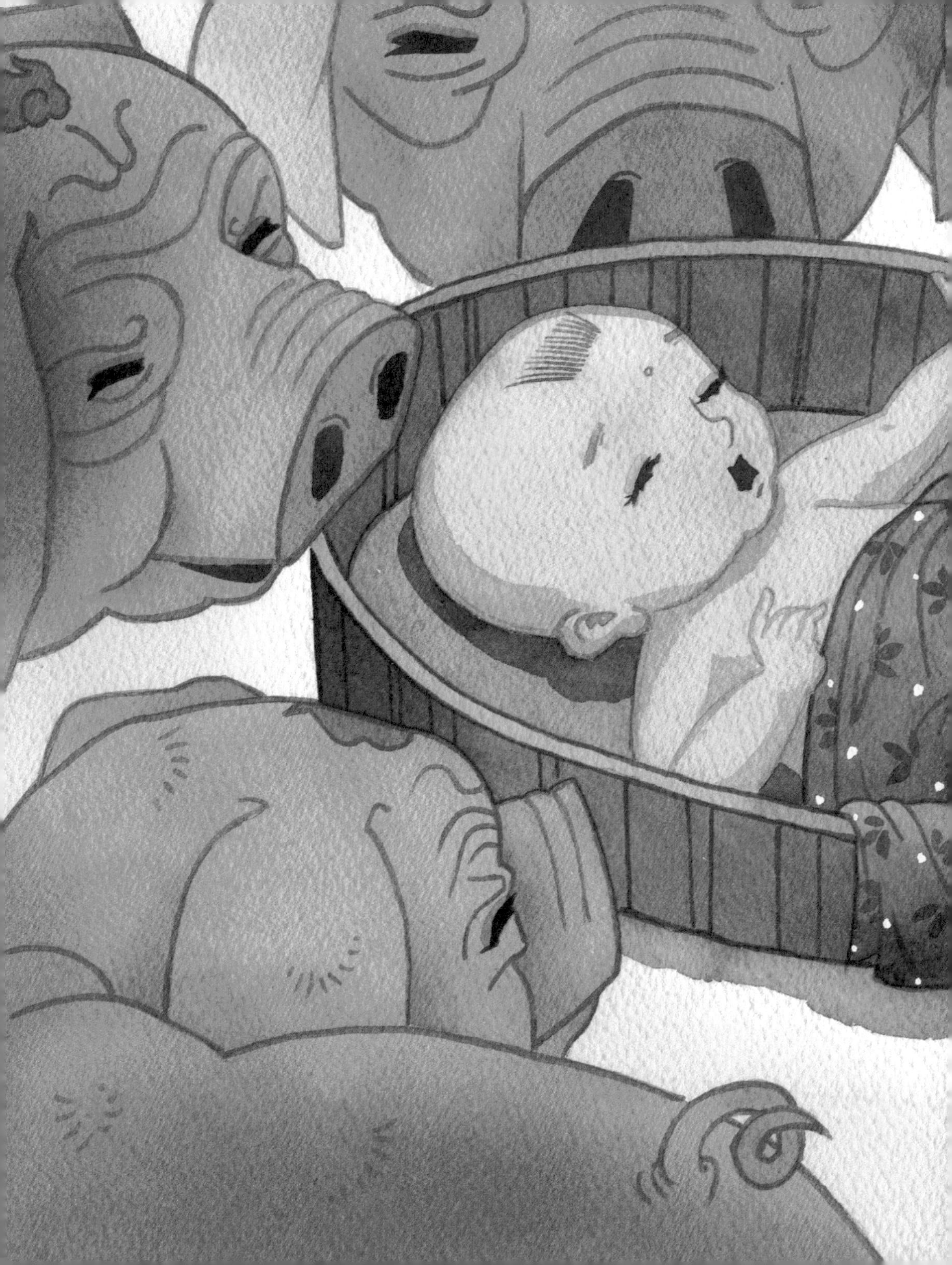

希望渺茫的他，拿弓拍打著水面，對著天嘶喊：「老天呀！為什麼我忠心於君王，他卻要殺我呢？難道我要命喪此處嗎？縱使要被莫名滅口，我也要決一死戰。」當他站起身來，看到水面不停波動，水中魚鱉一隻隻浮上來，在水面架成一座橋。他不假思索大步走過。

當他走到水的另一邊時，追兵已趕到，兵士也要跟著邁上這座「魚鱉橋」，可是當他們一踩上，所有的魚鱉都沉入水中，「魚鱉橋」不見了，前哨兵士跟著掉入水中，所有軍隊就在對岸止步了。

東明繼續逃亡，所有關於他的神奇傳說漸漸流傳到民間，所到之處，只要是不滿橐離君王暴政的人民，都攜家帶眷跟隨他，他的追隨者愈來愈多。他們一路來到一個叫「夫餘」的地方。東明觀察過這地方的地理環境和戰略形勢，想在此建立新的國家，有隨眾說：「『夫餘』地名原意是污穢的意思，在這汙穢地方建國不好吧？」東明聽了，笑著說：「大家都知道，我一出生就在豬圈、馬棚這樣的汙穢地，反而鍛鍊我更堅強。我相信強盛的國家不在於名稱，而在於人民的團結和向心力，這樣我們國家才會更強大。」於是他們就在此建立了夫餘國。東明成了第一個夫餘王。

夫餘這個族群，也是後世歷史記載，第一個在中國東北地區建立具規模政權的古代民族。

天花板上的神

這一天，劉伯祖風塵僕僕趕來河東郡接任太守一職。第一次走進太守府，看到公堂案桌上堆滿一落落待辦的公文，他一陣茫然，該從哪一件開始處理？難怪前任太守會因怠忽職守和貪汙被罷職。又聽到來布達交接的官員說，州刺史很快就要來視察政務。這下他更焦慮了。

回到太守府後面的住處，他來回踱步苦思著，短時間內如何處理那麼大堆公文？突然聽到頭頂上有人說話：「別著急，刺史有事耽擱，一個月後才會來到這裡。這次視察的重點是郡縣水利問題，你先處理這類公文吧。」

他順著聲音抬頭看看天花板，什麼也沒有。難道是自己幻聽嗎？

又聽到：「別擔心，我會幫助你的，水利公文在案上的第三落，如果必要去勘查遠地水圳，我可以幫你跑腿，這樣你一定來得及完成這些

案件。」

「請問你是誰，為何願意幫助我？」

「哎呀，助人不必問原因，也不必報姓名，我喜歡幫助好官。先去休息吧，明天要開始忙了。」

隔天，劉伯祖想起天花板上那人所說的話，半信半疑的拿起第三落公文，果然都是有關郡縣內的水利問題，他坐下來開始辦公。

果真，一個月後州刺史來到河東郡，正如天花板上的人所說的，第一個查看的是水利方面的案件，刺史對劉伯祖的辦案效率大加讚賞。公事結束後，劉伯祖興奮的跑回住家，高興的對著天花板說：「謝謝恩人，你說的沒錯，刺史的視察重點真的是水利。求求恩人可否下來受我一拜？讓我為你安置更舒服的住宿。」

天花板傳來一陣笑聲：「呵呵呵，小小幫助，別客氣了。我不像你們要住在寢室才舒服，我覺得在天花板很好呀。」劉伯祖若有所悟說：「普通人不會像你料事如神。喔——原來你是神呀？」

「我是神？哈哈哈！你這樣說也算啦。」從此以後劉伯祖就尊稱他為「住在天花板上的神」。

每當京城有詔書下令或州刺史要來巡視，神都會告訴劉伯祖，讓他事先準備好因應。劉伯祖不只把上級長官交待的事做好，他同時也把河東郡政務處理得公正廉明，受到當地老百姓的敬重和愛戴，劉伯祖感謝有天花板上的神暗中幫助他。

有一次他問天花板上的神：「神啊，祢太客氣了。這段日子祢幫我太多忙了，我每次問祢需要什麼，祢總是說不需要，至少也讓我聊表心意呀。你有沒有要吃的？穿的？」

「你不只是個好太守，也是個知恩圖報的人，好吧，那你就請我吃羊肝吧。」劉伯祖高高興興的派人去買羊肝，在桌上切好一塊一塊。奇怪的是，每切好一塊馬上就消失，連切了兩大片羊肝，都不翼而飛；原來擺在桌上的一瓶未開封的烈酒變空瓶，酒也不見了。劉伯祖正覺得奇怪時，忽然看到一隻狐狸的身形，隱隱約約出現在桌子前，有點醉顛顛的樣子。切羊肝的人拿起刀來要砍牠，劉伯祖連忙阻止，狐狸就慢慢爬上天花板。這下劉伯祖終於知道了，原來天花板上的神是一隻狐狸。

過了一會兒，一陣大笑從天花板傳來：「剛剛太高興了，吃了羊肝，又喝酒，不知不覺就現出原形，讓你看到了，真不好意思。」劉伯祖剛開始心裡蠻驚嚇，他故作鎮定，說：「終於看到天花板上的神，我不用再猜測了。」仔細想，相處這麼久，劉伯祖深信這狐狸一定是道行很高又不害人的熱心狐狸神，也就心安了。

後來，有一天，狐狸神又向他預告一件大事：「恭喜太守！賀喜太守！你要升官了。」

「怎麼可能，我到河東郡不到三年。」

「真的，你為官勤政清廉又能體恤百姓，美好名聲早就傳到京城去了。」

「身為官職本該廉政愛民，談不上美譽啦。」

「你且等待，臘月初五詔書一定送達，皇上將派任你擔任司隸校尉。」

狐狸神信誓旦旦說著，劉伯祖回想，努力政務多年能被肯定升官，他有幾分竊喜；但心裡某個角落，還是不捨河東郡的郡民。

到了狐狸神所說的那一天，朝廷的詔書果然送達，聖旨不可違抗，劉伯祖便走馬上任，赴司隸府任職。狐狸神也跟著搬進司隸府住所的天花板上。

跟以往一樣，關於皇宮內院大小違紀事件，狐狸神總會先透漏給劉伯祖知道。但跟以往不同的是，以前劉伯祖聽到會筆記，隔日去調查。現在他每聽到狐狸神所告知的事，都默不作聲，表情很不安。

如此幾次，狐狸神便問他原因。

劉伯祖說：「以前在河東郡擔任太守，整個郡瑣瑣碎碎的大小事太複雜，幸好有您幫忙，讓政務很快進入正軌，我真的很感激您。但是現在我的官位是『司隸』，就是要負責考核朝廷內重要官員的行政是否清廉？有無違法？如果我再依賴您的指引去查緝他們貪贓枉法，萬一被貪官汙吏發現我是靠神力，是不是也算違法？可能會成為他們反過來檢舉我的藉口。」這時天花板上安靜無聲，劉伯祖索性一口氣說完：「能否請祢以後別再幫我調查，讓我依照正常程序去查緝那些違法事件？」

過了一陣子，天花板傳來平靜的聲音：「你顧慮的有道理，看來我的好意，真的做過頭了。」

「祢千萬不要誤會，祢一樣可以住這裡，一樣是我最尊重的神呀。」

「沒事的，謝謝你！」

隔天，劉伯祖因為監察到一名高官偽造文書，受到朝廷的獎賞，他非常高興。下班後，帶著新鮮的羊肝和酒回到住所，想和狐狸神一同慶賀。可是任由他抬頭怎樣的呼喚，狐狸神都沒有回應。他著急的拿來梯子，爬上天花板，東翻西找，都找不到狐狸神的身影。

他難過得癱坐在椅子上，心中不停的嘶喊著：「住在天花板上的神呀，您去哪裡了啊？」

老虎的助產婆與神鳥的治療師

人類與動物的互動，都需要真誠的信賴。有情有心往往能產生美好的結果，就如以下兩則故事。

一

在盧陵郡的一個小村莊，村莊裡的婦女生產時都靠同一名助產婆接生。這位助產婆名叫蘇易，是個獨居的中年婦人。雖然是全村唯一的接生婆，但當時為人接生的收入，都是依產婦家自由給謝禮，加上這個村莊地處偏遠，村民都靠耕種維生，收入微薄。明白村民經濟拮据，蘇易對謝禮就不太計較。雖然過得清苦，尚能勉強生活。

一天夜裡，外面飄著小雨，天氣有些寒冷。由於沒有多餘銀兩買肉吃，蘇易有些弱不禁風，身上衣物也單薄，遇上這種天氣，還是裹著被入睡為妙。關緊門窗，她早早躺在床上。

不到一刻鐘，聽到敲門聲，心想哪家產婦要生產？正要回應，門已被推開。一團黑黑的東西，無聲無息走到她的床沿。她點燈一看，嚇！哪裡來的一頭大老虎！她嚇得呆坐在床上。

眼看著大老虎張開大口迎向她，蘇易想，我窮到吃不起肉，現在竟要成為老虎的嘴中肉了。沒想到，老虎一口咬下——竟是叼住她，甩上虎背，奔出門外。

夜空下，蘇易騎在虎背上，心想：「難道要抓我回去好好吃一頓嗎？」荒郊野外伸手不見五指，她根本無處逃跑。腦海閃過的是，她早年夫死子亡，孤苦的一生。也罷，她只是擔心窮村子以後找誰去接生？

大概跑了六、七里路遠，來到一處大墓穴，大老虎把蘇易放在地上後，靜靜蹲在一旁。微亮星光下，蘇易看看周圍，嘆了一口氣說：「虎兒，你還真貼心呢，連墓地都幫我找好了。好吧，來吃吧！」忽然聽到一陣陣呻吟，她仔細一看，她的另一旁正躺著一隻不停扭動著大肚子的母老虎，以蘇易多年的助產經驗推斷，這母虎難產了。

她完全忘記那是一隻會吃人的老虎，立刻捲起袖子，拍拍草上的露水搓洗一下，將手伸入母虎的肚子裡一摸，有三隻虎崽子，她把虎崽子一隻一隻取出來。

好不容易接生完畢，大老虎又載著她回到家，大老虎前腳跪地，向她再三磕頭，蘇易揮揮手說：「別謝了，這兒獵人多，快快離開吧。」

從此以後，蘇易每天清晨起床，就會看見一大塊野肉擺在門內。她知道，是知恩圖報的大老虎來過了。幾個月後，母老虎偶而會帶三隻小虎崽來看她，牠們圍著救命恩人，撒嬌般的蹭蹭她，舔舔她。蘇易疼惜的摸摸小虎崽跟牠們說說話，然後貼心提醒牠們：「我很高興你們來，但是這兒

獵人多，快快離開吧。」

其實當地獵人早已聽說蘇易接生小老虎的事，每次小虎崽來看蘇易，他們有默契的不去打擾。

二

噲參心事重重的沿著水澤邊走著，看到母親最近天天喊著這邊疼、那邊痠，大夫也查不出什麼病灶，只安慰他說母親年老多病，有些莫名的病痛，在所難免。但是每次半夜裡聽到母親的痛苦呻吟，他還是非常心疼。

他低頭想著，等一下去藥舖子請教掌櫃，要買什麼補藥為母親補補身子？突然一個東西掉到他腳邊的蒲草上，彎下腰看，是一隻全身黑色的鶴鳥。黑鶴被弓箭射中翅膀，不能飛翔，在蒲草上掙扎著。噲參於心不忍，抱起牠：「幸好傷口不嚴重，待我為你治療吧。」便將牠帶回家。

母親看到這隻黑鶴，一陣驚喜：「哪裡來的珍奇鶴鳥？」噲參把撿到黑鶴的經過說了一遍。母親聽完，說：「傳說，白鶴要經過千年牠的羽毛才能變成蒼青色，再過千年，蒼鶴的羽毛會變全黑而成黑鶴，叫玄鶴。兒子知道嗎？你撿到稀世珍寶呀。」

噲參很高興的說：「原來玄鶴如此珍貴的，我要趕快幫牠治療好，再放牠回去。」噲參看到母親的表情怪怪的，沒有回應。

沉默一下，母親悠悠的說：「我還聽說，吃玄鶴的肉可以治百病，而且長命百歲喔。」這下，噲參知道母親的意思了。

這個夜晚他輾轉難眠，苦思著，是要救玄鶴？還是要盡孝道？

隔天，他將玄鶴藏在後院隱密的地方，然後來到市街，把他身上最珍貴的玉珮典當了，先買創傷藥，再去買一隻老母雞，宰殺、拔毛，帶回家。當晚他用心燉了一鍋雞湯，故意在碗裡留幾片玄鶴的小羽毛，然後盛上「玄鶴湯」為母親補身體。

母親吃了之後，精神都變好了，她說：「傳說果然沒錯，玄鶴湯把我的病痛都治好了。」從此母親不再喊痛了。噲參則每天為玄鶴敷藥照顧，治療牠的創傷，如此過了十來天，玄鶴痊癒了，噲參將牠帶到當初的蒲草水澤邊野放。玄鶴飛起後，先在噲參頭上繞了幾圈，再往北方飛去，噲參也放心的走回家。

過了個把月，一天夜裡，噲參聽到窗外傳來「嗝！嗝！嗝！」的鶴鳥叫聲。他拿起火燭出門一看，一對玄鶴停在他家門前的樹上，其中一隻少了一片羽翅，就是噲參曾救過的玄鶴。兩隻玄鶴看到救命恩人，立刻飛過來，各自銜著一顆珍貴的夜明珠，放在他手上，向他頻頻點頭致意，然後飛走。

噲參手握著兩顆夜明珠，望著牠們在夜空裡消失的蹤影，心中非常感動：「玄鶴，謝謝你還記得我們的友誼呀！」

6

說奇說怪皆逸事

飛頭族與虎人族

傳說遠古時代，遠離中原的偏遠地區，散居著各種少數部落。其中被繪聲繪影流傳最廣的有兩族異人：飛頭人與虎人。民間盛傳著他們的奇聞軼事。

一

相傳三國時代，吳國將軍朱桓府中來了一個婢女，勤快敏捷，乖巧聽話，長相清秀姣好，府裡上下都非常喜歡她。

有天夜裡，跟她同寢室的一位婢女起床如廁，發現她睡覺時會把全身緊緊的裹在被子裡，只留一開口。經過好一段時間，那名常半夜如廁的婢女心想，難道她怕冷？想去問問她需要加被子嗎？便走到她床邊，輕聲喚她。

不靠近還好，一靠近，立刻嚇得魂飛魄散，跌坐地上。

這個婢女竟沒有頭！

常如廁的婢女全身顫抖，縮在角落，想著大半夜不敢驚擾其他人，等待天亮再向管家稟報。沒想到，天將亮時，她看到更驚人的一幕：那名無頭婢女的頭從天窗飛回來，又接上她的身體，然後若無其事的閉眼沉沉睡去。

到了白天，常如廁婢女觀察飛頭婢女的行為，一如往常，像沒發生任何事似的。這事太怪異了，她偷偷告訴同寢室的其他婢女。

當天晚上大家就寢時裝睡，不到一個時辰，她們就看到那婢女的頭真的飛起來，耳朵化成一對翅膀，先飛出寢室天窗，再鑽過圍牆下的狗洞，飛出將軍府外。這下大家都相信如廁婢女所言不假。

大膽的婢女點亮油燈，好奇翻開她的被子，沒有頭的體溫稍微涼些，腹部仍緩慢的在起伏。婢女們人多膽大，她們聚在一起討論，這婢女是夢

遊嗎？但從未聽過夢遊的人頭會飛的。大膽的婢女，又故意把被子整個封住身體，不留開口。

等天快亮時，飛頭婢女飛回來了，她一直繞著被子，找不到開口，非常憂愁的嘆息，呼吸愈來愈急促，兩、三次頭無力的掉到地上，好像快死了一樣。大家看了不忍心，又把被子翻開。飛頭婢女看到自己的身體，馬上飛起來，和脖子緊緊接住，然後和之前一樣，沉沉睡去。其他婢女第一次見到這震撼的事，無法闔眼安眠。

經一夜折騰，婢女們隔天工作有些遲鈍，反觀那名飛頭婢女精神奕奕。管家忍不住把這些懶散婢女集合訓話，婢女們被一再責備充滿委屈，其中一人脫口而出：「昨晚如果管家大人也在現場，一定也會睡不著。」

「此話什麼意思呀？」

大膽婢女把事情原委細說一遍，管家半信半疑。他決定親自埋伏在婢女寢室外，親眼看到顆頭飛出將軍府，又飛回來，讓他不得不信。隔天立刻向將軍稟報這件奇聞異事。

朱桓覺得這事太怪異了，他向一名常在南方一帶出征的將軍好友請教。誰知這位好友一點也不驚奇：「我在邊境征戰，也見過來自『落頭民』部落的士兵，他們是好士兵，只是夜晚要落頭飛出這種天性，常人會覺得奇怪。曾聽說過有好事者故意用銅盤蓋住落頭民的脖子，頭飛回來接不上身體，時間隔太久，那個落頭民就死了。」

朱桓聽完好友的話，心想萬一其他婢女無知傷害了她，怎麼辦？既然難以關照這個落頭民婢女的安全，還是給她一些銀兩，放她回鄉了。

二

另一族人也很奇異。

聽說長沙郡蠻縣東高口一帶，有人以獵老虎維生，他們設計的捕虎籠陷阱非常精密，只要捕到獵物，木籠子就會發出一種和樹葉的一樣的響聲，提醒守在附近的獵人。

不久前他們發現有老虎出沒的痕跡，追蹤叢林闖蕩的速度和身影，推測是一隻個頭很大的猛虎。捕虎人對這種有挑戰性的獵物，特別有興趣，他們把陷阱架好，在不遠處紮營，點起篝火一邊喝酒一邊守候。陰森森的林子裡，除偶有野風吹過，出奇寂靜。半夜裡突然遠遠傳來山羊的慘叫聲，接著一陣長長的樹葉笛聲響起。「哈哈哈！太好了，明天有好收穫了。」酒酣耳熱的他們，拿起酒碗一飲而盡，彼此依偎睡了一覺。

隔天清晨，五個獵虎高手興高采烈的帶好殺虎工具，來到捕虎籠。他們靠進籠子一看，不得了！關在捕虎籠的不是老虎，而是一個高頭大馬的男子，他一身亭長的裝扮，頭上繫著紅色頭巾，身穿紫色葛衣，戴著大大的帽子，端坐在籠子裡。

「你是哪裡來的亭長？怎麼跑進我們的捕虎籠裡？」

亭長很生氣：「哎呀！我真是衰事連連，我是隔壁山那邊的小鄉亭長，昨天縣令忽然急著要召見，我連夜抄近路，誰知遇上大雨反而迷路，在樹林繞了幾圈天就黑了。黑暗中以為這是一間小草屋，鑽了進來，天亮一看竟是一個捕獸木籠。這下來不及赴約，只怕要被處罰了。求求你們，快放我出來，我好趕緊趕路。」

一位獵人突然想到什麼，問：「那我們的山羊呢？」

「什麼山羊？我只記得推門進來時，不知踩到什麼東西，牠尖叫一聲，就衝出去了。」

問話的獵人自言自語：「奇怪，我明明把羊綁在木條上，難道我沒綁好？」

另一個獵人也想到什麼似的，問：「既然是縣令召見，那他一定有發公文。你的公文呢？」

亭長從懷裡拿出一公文給他們看。

其實獵人在野地生活，識字不多，只

見那紙樣看起來像公文，便彼此使個眼色，認為這個人真的是誤入捕虎籠。於是打開籠子，把他放出來。

亭長一出木籠子，連個謝字也沒說，走路還一顛一巔的，轉身就往山上拚命跑。他身上的衣服、頭巾、帽子一件件滑到地上，竟變成一隻大老虎。五個獵人一下子目瞪口呆，等他們回神要追時，那隻大老虎已經變成山上一個黑點，隨後消失了。再回頭看看木籠子的角落，散落著山羊的骨頭。

突然，其中一個獵人用力拍自己額頭，大叫一聲：「唉呀！我們遇見傳說中的貙人了，據說他們就住在這座山後面更高的那座山裡。他們沒有腳後跟，所以走路一顛一顛，跟一般老虎不同的是他們的腳有五趾，是天生就可以一下子變人，一下子變老虎的虎人啦。」

五個獵人不死心，追去看變成老虎後留下的爪印，果然都是五趾。

偷藥膏的蟬怪

三國時期，吳國建安郡太守朱誕的部屬裡，有一名侍從做事勤快又謹慎，深得朱誕太守的信任，常常委以重任。但近來，太守注意到他公餘時間常常一個人皺著眉頭，呆坐在角落，魂不守舍不知在想什麼？他私下問侍從：「是否公務過於繁重？」

侍從聽到太守的問話，立刻抱拳躬身：「感謝太守大人關愛！其實只是家中小事，卑職一時猶疑，不知如何是好？若有影響公務，懇請大人告誡責罰。」看他如此謙恭有禮，又不願談論家事，太守拍拍他的肩，說：「雖然不知何事，但是男兒應該當機立斷，別被兒女私情糾葛牽纏，容易滋生事端的。」太守話剛說完，侍從突然一震，跪謝太守：「太守大人一語驚醒夢中人，懇請大人，准卑職立刻告假返家處理這件家務，事畢，一定速速返回公門。」

從太守府回家的路上，侍從告訴自己：「太守說得對，與其一再懷疑猜忌，不如把事情弄明白。」

回想家中有件事發生好些時候了，他那一向端莊賢淑的妻子，最近舉止愈來愈奇怪，每次他下班回家，剛到大門口，就聽到妻子與人聊天的笑聲，靠近廳堂看到她對著窗外搔首弄姿。可是一聽到侍從進門的腳步聲，她又若無其事般的安靜在織布機前織布。

侍從好奇的問妻子：「娘子和誰聊得如此愉快？」

「沒有什麼人呀，我一個人在織布而已。」妻子每次都如此回答。

窗外究竟有什麼人？好幾次侍從故意探出窗外查看，但後院裡除了原來那幾棵大樹外，根本沒有人呀，這讓他非常納悶，開始懷疑，如此嚴守婦道的妻子難道有不忠的行為？問也問不出答案，找也找不到證據，這件事困擾了他許久。

他下定決心，今天返家突襲，非把這事查個水落石出不可。

他悄悄打開大門，聽到妻子又在跟人聊天，聲音比以往更放肆，他都不敢相信那是平日溫婉寡言的妻子了，不覺怒火中燒，順手拿起放在前院的弓箭，走向廳堂。

這次一定要逮個正著！他繞道廳堂另一邊，透過牆壁的縫隙窺看。正好看到妻子一面織布，一面對著窗外那棵大桑樹打情罵俏。仔細一看，桑樹枝幹上正坐著一名大約十四、五歲的少年郎，穿著青布衣，戴著青色頭巾。

侍從累積多日的怒火終於爆發了，饒他不得！侍從以迅雷不及掩耳的速度衝向窗口，拉弓引箭，「咻」一聲，射向少年郎，沒想到妻子聽到弓箭聲，大聲警告少年：「快逃呀，有人要射死你呀！」同一時間，中箭的少年郎瞬間變成一隻超大青蟬，大約有一個手持畚箕那麼大。負傷的青蟬快速飛走了，侍從估計那隻青蟬被箭射穿，活命機會不多了，便不再去追殺。

大青蟬一飛離，妻子臉色變得蒼白，像牽絲木偶斷了線一樣，從織布機前跌落，癱軟在地上。侍從這才明白了，原來這段時候，妻子被蟬怪魅惑了，難怪性情大變。他非常懊惱自己竟誤會賢淑的妻子，趕忙找來大夫為妻子醫治。等妻子病情漸漸穩定，他才回太守府，詳細的向太守說明家中遇上的這樁離奇事件，並感謝太守的提點。

之後，經過了一段平靜生活，侍從仍忙於太守府公務。有一天，他辦完公事趕回太守府交差。經過一條鄉間小路，不慎被路邊野草的芒刺沾黏衣褲，於是停下來拔除芒刺。

無意間看到，不遠處有個穿黃布衣和一個穿青布衣的少年郎在聊天，侍從定神一看，穿青布衣、戴青色頭巾的少年郎，不就是那個騷擾妻子的蟬怪嗎？可惜身上沒有武器，先躲在樹旁靜觀情勢吧。

黃衣少年郎先問：「怎麼那麼久都沒看到你？」蟬怪嘆了一口氣，說道：「唉，不說也罷，前一陣子運氣太背了。被人用箭射穿成重傷，前後一個大窟窿，傷口潰爛無法癒合，疼痛難耐，差一點就一命嗚呼了。」黃衣少年郎又問：「聽起來傷勢非常嚴重，應該沒藥可醫，你怎麼能復原得那麼快？」蟬怪回答：「幸好我打聽到這郡縣朱太守家的屋樑上藏著一罐能治百病的萬靈膏藥，我偷了一些敷在傷口，果然傷口馬上癒合，現在都康復了。」黃衣少年郎說：「先前就勸你，不要去招惹良家少婦，你就是不聽，小命差點沒了。」蟬怪搔著頭尷尬的說：「是呀，不知那戶人家有郡縣最厲害的弓箭手，這次吃了苦頭也學乖了，所以今天來告訴你，我要離開這地方了。」

侍從一聽，這蟬怪真是大膽，竟在太歲頭上動土，偷了太守家的珍貴藥膏。身上的芒刺也顧不得清乾淨，立刻回府衙稟告太守。

太守一聽很是詫異：「我從未跟外人提起我有萬靈藥膏，這蟬怪怎會知道？而且我把藥膏放在那麼高的屋樑上，沒有特別的梯子還搆不到，他怎麼辦到的？」侍從說：「這蟬怪非常狡猾，太守大人要不要去查看？」

太守半信半疑，就派人把高掛在屋樑上的萬靈膏藥拿下來。膏藥的外面包封完整沒有被動過。朱太守笑了：「應該是那個少年郎故意亂說的，

你看藥膏還包裝得好好的。」侍從又說：「太守大人要不要打開來確認一下。」

太守心想，侍從實事求是的個性，就讓他親眼見證這一件烏龍事件吧。他一面拆封，一面笑說：「外面包封都沒拆開，如何隔空取藥膏？」當他扭開藥膏一看，嚇了一跳！裡面藥膏只剩一半，被刮去的藥膏上還清楚看得見尖尖的腳趾痕跡。

蛇翁搶地盤

張寬到揚州擔任刺史一職。新官上任意氣風發，他認真積極，勤於州內政務。這一天他正埋頭批寫公文，衙吏來報，有人來擊鼓申冤。張寬收好公文，準備升堂審案，順口問衙吏：「你問過申告者，為何而告嗎？」

衙吏說：「稟告大人，這兩名老者，為了爭地經常來告狀。」

這時旁邊協助查案定罪的決曹官說：「稟告大人，這兩名老人家為爭山林土地，不知互告多少次了，又不聽前任刺史的建議，每每只是耗費官府時間，前任刺史對他們非常頭疼。卑職以為，大人乾脆回絕他們吧。」

「沒關係，我想瞭解為了搶地盤，兩老人家為何爭吵如此多年？我也好奇，竟有如此愛互告的老者。就讓他們進來吧。」

於是，衙吏傳喚他們進公堂，只見他們從公堂外一路吵進公堂內。

張寬坐在公堂上看見一個穿黑長袍和一位穿綠長袍的老者，特別的是兩人脖子不停扭動，走起路來都像踩著蓮花步似的扭捏作態。

他倆在公堂前一站定，就爭先恐後說話，「大人，冤枉呀，我先說！」「不，我更冤枉，我先說。」

刺史驚堂木往案上一拍：「公堂乃神聖之地，豈容你們胡鬧！」兩人馬上閉上嘴。

刺史隨意指其中一名黑袍老者，威嚴的說：「你先說。」

黑袍老者說：「我們兩家族原來約定，分住在近郊山林的東西兩邊，原本有一棵大樹當地界，後來樹被砍了，沒有地界樹。但依祖先說的，右邊山林都是我家族的土地。結果這些年來，住西邊的他一再侵入我的土地，甚至待在我的土地賴著不走，真是貪心不足。請官老爺主持公道！」

綠袍老者不服氣的說：「這完全是誣告，官老爺也知道的，這些年雨水愈來愈少，而且每次雨都下同一邊。哪邊的山林比較滋潤，草木茂盛，蚯蚓、昆蟲、鳥類、鼠類都搬到哪邊去。沒搬過去的鳥，也飛去築巢產卵。

而且他說的不對，什麼右邊就是東邊都是他的土地。那只要我們從左邊走過的土地，是不是也算西邊我們的土地？沒有侵入他們的土地呀。他卻占據食物豐盛的地方為東邊，那些貧瘠的地方就說是我們的。太霸道了！」

張寬一面聽他兩人答辯，一面注意到這兩個老者講話時，舌頭吐出來特別長，而且舌尖還分叉。精明的他，馬上知道來者非一般人類。

他冷靜的想，這種山中蛇妖會常來告狀，可能一則是他們相信人類的判官；二則是他們想來鬧官。依他的判斷應該沒有惡意。他想這次就解決，杜絕他們一再來申告。

他離開座位，來到堂下，站在他們之間，在地上畫了一個很大的圓圈圈。讓他們倆背對背從圓圈的某一個定點，各自繞著圓圈走。兩人依照張寬的話，果然走到最後會碰頭。張寬藉著他們走動時，也窺視到他倆長袍底下露出一小截尾巴，證明他倆是蛇妖沒錯。

張寬說：「你們不是說各分東西一半嗎？回去照這方式，就可以找到兩家山林的地界了。」

本以為他們的糾紛會就此平息，沒想到他們的意見真的非常多。

「萬一他選的都是肥沃山地，我不是吃虧了。」

「我才不會那麼沒良心呀，是他可能會把地界樹又砍掉。」

兩個老人又開始吵翻了。

張寬回到座上，再拍一次驚堂木：「既然兩位都不聽從我的建議，只有兩個方法了。一是，你們在此吵吵鬧鬧，擾亂公堂，馬上查辦關入監牢，等你們冷靜再放人；二是，本官帶大隊人馬隨你們回山林，當場為你們公平的分地界。」

以前的刺史，被他們吵到只能使出緩兵之計，現在這名新來的刺史完全不同，立刻下判決。

兩個老人聽完新刺史的話，嚇了一跳。這兩個方法，不是逼他們現出原形嗎？

兩個老人第一次意見一致的回答：「感謝刺史大人明智的建議，我們自己回去處理即可。」

這下，換成張寬不肯罷休：「不，做為一州的父母官既然做出判決，豈可兒戲。我現在就帶隊陪你們回山林分地界吧。」

兩個老人聽到刺史要帶大隊人馬跟他們回去，趕忙抓緊彼此衣袖衝出刺史府，張寬馬上帶著衙吏隊伍隨後緊追。

兩個老人穿戴人類衣物，行動難免緩慢，他倆使盡所有力氣才跑到山腳下，回頭看，官兵就快追上了，乾脆恢復原形。追兵在不遠處看到，一條黑蛇和一條綠蛇，從寬大的衣服鑽了出來，快速爬往山上。

所有官兵恍然大悟：「原來，年年來告官的是兩條蛇翁呀！」

智取削髮妖

郅伯夷是個文武雙全的官員。三十歲那一年，他出任北部督郵，督察各驛亭的公文傳遞相關政務。

有一次，他奉命督察幾個縣城的政務，一向嚴謹的他，連續監察兩個縣的行政，花去許多時間，人馬都非常疲累了。

傍晚時分，經過一處幽靜的驛亭，決定先在此過夜。這驛亭的亭長長得瘦小，是個頭上貼滿膏藥的癩痢頭，走起路來畏畏縮縮的，初見面給人感覺不甚舒服。聽說督郵長官要來住宿，一般地方小官，高興都來不及，他卻一副非常無奈的樣子。

依照常理，長官要住在所管轄的驛亭，亭長都會高興的帶督郵的前導部隊先入亭內整理打掃。但見這個癩痢頭亭長表情很恐慌，引路到驛亭門口就止步，還對他們低聲幾句。郅伯夷看著前導部隊才進去不到一炷香時間，又匆匆忙忙走出驛亭，不覺開始懷疑起來。

接著，隨隊的主記官來建議：「稟報大人！現在天色尚早，我們趕到下一處驛亭再住宿也不遲？」

「你們這麼快就打掃乾淨了嗎？我有文書今晚一定要完成，就留在這裡過夜吧。」

主記官戰戰兢兢的說：「但是……稟報大人，我們剛剛進去檢查，屋內既破舊又──不乾淨。聽說……」話未完，郅伯夷便打斷他的話：「我們經常到地方督導，都會遇到破舊住宿，房舍不乾淨，打掃即可，只過一夜，我都可接受了，大家就多擔待吧。你們住一樓守衛方便，本官住二樓比較安靜，好寫字看書。」

在旁的亭長聽了，緊張得一直摸著他的癩痢頭，急著插嘴：「不不不！稟報大人！如果您決定留宿，請將就住一樓好嗎？二樓實在太不乾淨了，已經有好幾個人……」郅伯夷打斷亭長的話：「就此決定，你們快去整理吧。」

當郅伯夷走進亭內上樓後發現，其實內部和外觀一樣，並不破舊，而且窗明几淨，他心裡便有數了。

這時，天還沒暗，但所有樓層早就都點上油燈，燈火通明，郅伯夷卻下令：「本官今晚要思考道學問題，不能見火光，把燈熄滅吧。」亭長心想：「這督郵都不聽人勸告，未免太膽大了，今晚一定會有大事要發生，到時候一定要立即點亮燈火，黑暗中可不好找。」他就把燈火全部藏在一個大壺裡。

不久，天黑了，郅伯夷整整衣服，坐下來讀了幾冊書。讀完，他先小睡了一會兒。醒來後，他悄悄將身子換個方向，把腳轉到床頭，用一條長長的布巾裹住兩隻腳，再綁上頭巾戴帽子，假裝那是他的頭；而他在床腳這一邊，靜靜拔出寶劍，解開劍帶，再蓋好被子。究竟是什麼怪物讓大家如此害怕？他很想知道。

到了半夜，先看到一團四、五尺長烏黑的東西，愈拉愈高，愈拉愈長，還在屋子的主樑上走著，一眨眼，它飛快撲向床頭的郅伯夷。床腳的郅伯夷立刻一面拉起被子蓋住它，一面兩腳用力的掙脫布巾，光著腳和它打鬥。好幾次差一點讓它逃走了，郅伯夷拿起劍帶用力甩出，猛打它的腳，那團烏黑怪東西，痛得跌坐在地上，郅伯夷順勢抓住它。

他呼叫樓下的人立刻把燈火拿上來，用燈火一照，原來是一隻皮膚紅通通，沒長一根毛的狐狸。郅伯夷對亭長說：「對付有修煉的狐妖殺牠無用，唯有火燒才能將牠澈底消滅。」當下就把狐妖燒死了。然後，他們再打開樓上所有房間檢查，發現被這隻狐妖削下的髮髻有一百個。

這時亭長突然跪下感激的向郅伯夷拜謝：「卑職非常感激督郵大人！消除我的焦慮和恐懼。這半年來，凡是來我驛亭過夜的旅人，沒有一個活下來，我的驛亭從原來最受旅人喜歡的驛亭，變成連附近鄰人都避之唯恐不及的地方。」說到這裡，亭長淚流滿面，郅伯夷將他扶起。

亭長又說：「其實我不是癩痢頭啦，為了要除害，兩個月前我曾經壯大膽，想查明到底是何方怪物來我驛亭作亂？結果半夜遇到這烏黑怪物，要來砍我頭，幸好我點起燈火，它措手不及，用力抓下我的髮髻，馬上消失，害我來不及殺它，我受傷的頭皮至今未痊癒。因此我知道只要亮燈，那怪物就不會出現，所以每到黃昏就點燈。直到今日，我才知道原來是狐妖作怪。感謝大人為驛亭除害，請受我三拜。」

郅伯夷再次將他扶起，問他：「那些旅人的屍體呢？」

「大部分被狐妖吃掉，其他的沒頭顱也沒人來認領，我把他們合葬在一里外的墓地。」

「你是個善心又盡責的好亭長。」

從此以後，這個驛亭再也沒有妖怪出現，驛亭又恢復成旅人和官員喜歡借住的驛站了。

惡作劇的代價

齊惠公的侍妾蕭同叔子懷孕了。因為地位卑賤，又得知後宮后妃們為了王位繼承問題，常引來可怕的宮內鬥爭，她不敢張揚懷孕之事，也不敢告知君王。快生產之前，她找個借口，離開宮廷，來到野外，準備一些柴火野草，在野地順利生下一名男嬰。她把嬰兒藏在野地裡，出去找衣食。等她回來時，看到有隻野貓給嬰兒餵奶，一隻大鷹鳥來為嬰兒遮風擋雨，保護他；後來有人看見了這無依無靠的小孩，就收養他，給他取名叫「無野」，無野也因此可以安全度過他的童年。

輾轉過了幾年後，齊惠公去世，無野繼任為齊國國君地位，就是齊頃公。

齊頃公上位後，急著想重振昔日齊桓公稱霸群雄之尊。正巧晉、魯、

壽

衛、曹四個國家都派使節同時前來拜會，有重申友好之意。齊頃公喜出望外，覺得自己真的有霸主之威權，趁這機會可以與四國締結更深厚的邦交。

當他見到這四名使節後發現，晉國郤克是個跛子，魯國孫行父是個禿子，衛國孫良夫是個獨眼，曹國公子首是個駝子。這一幕令他不禁產生一種戲謔之心。

回到王宮，他想起剛剛接見四國使節的景況，忍不住笑岔開來。母后問他何以如此高興？他把今天在朝堂上所見告訴母后，母后說：「怎麼那麼巧，你在說笑話吧？」

「母后如果不信的話，明天宮中宴請四國使節，他們進宮時會經過高台，到時候，母親可從高台往下看。」

他想到自從父皇過世後，母后一直悶悶不樂，很久不見到母后的笑靨，如果能帶給母后一些歡笑，也算孝道。

隔天母后躲在高台的幕簾後。

齊頃公為了讓母后更加開懷，他突發奇想，刻意安排四個殘疾的宴會引導人陪伴四名同樣殘疾的使節。跛腳的引導人陪侍郤克，禿頭的引導人陪侍孫行父，獨眼的引導人陪侍孫良夫，駝背的引導人陪侍公子首，他們從宴會門口經過高台，走向宴會廳。在高台簾子後偷窺的太后，看到眼前不只四個殘疾的使節，而是兩兩一對的跛子、禿子、獨眼和駝子，他們走起路來一顛一跛的樣子，忍不住當場哈哈大笑。

而這四名使節到了宴會場才知，齊頃公竟為他們安排這樣的引導人，心中極端生氣。礙於這是一場國家間重要宴會儀式，只好忍耐不快。不想，他們才走過高台，卻聽到樓上傳來陣陣笑謔聲，一打聽才知道，嘲笑他們的竟是齊頃公的母后。

是可忍，孰不可忍！

四名使節立刻轉身含憤離開齊國，尤其郤克是晉國的上軍元帥，這次奉晉景公之令來談兩國聯盟，竟受此侮辱，怒不可遏。他來到黃河邊，對著黃河發誓：「河神作證，不報此仇，我誓不為人。」

此時，齊頃公還不知他玩笑開太大了，還沾沾自喜，自以為已經壓住四國的銳氣，不久的將來，可以登上諸侯國霸主。

郤克苦等幾年後，終於能掌管晉國軍權。晉國國勢愈來愈強盛，各國紛紛來示意友好。郤克卻將來拜會的齊國使節殺掉，並且拒絕讓齊國參加諸侯國在晉國的聯盟大會。

齊頃公被諸侯國排擠，當然非常生氣，他計畫先向小國挑釁當作示威。就在齊頃公十年，齊國攻打魯國和衛國，佔據了兩國很多領土。魯、衛向晉國請求救援。

郤克遊說晉景公以援救魯、衛為理由，意在削弱齊國國力，也是讓晉國成為諸侯國之長的契機。晉景公聽完心中大喜，將討伐齊國的大權交給他。郤克帶領精銳戰車八百輛聯合魯國、衛國，朝齊國進攻。

齊頃公還沉浸在戰勝魯、衛的喜悅中，覺得他的齊國兵強馬壯所向無敵。聽到他的官兵來報：晉、魯、衛三國聯軍來進攻，他根本不在意，根本不把晉國軍隊放在眼裡，還想著戰後如何收割晉國的領土。不等自己的士兵吃飽飯、也沒安置好軍備，就倉促下令他們立刻上戰場。

等了多少年了，郤克當年在齊國受到的恥辱，仍清楚在他腦海中迴盪，這次終於可以與齊國決一死戰。他帶頭衝鋒陷陣，英勇無比，三國聯軍都受他鼓舞，士氣大振，勢如破竹。齊頃公的軍隊潰不成軍，四處逃竄。齊頃公在敗退中，幸好有忠心兵士掩護，才能保住一條性命。

這一戰，齊頃公才真正醒過來了，原來強中自有強中手。眼看著聯軍已經逼到齊國都城臨淄牆下，齊頃公不得不提出求和。郤克豈能與他輕易和解，提出兩項條件：一、以齊頃公母后蕭同叔子當人質。二、齊國的農作從此規定只能東西方向種植。

齊頃公聽到這條件，非常憤怒，要母后為人質，根本是侮辱他；農作物只能種東西向，就是把齊國當作晉國作戰的戰備跑道，方便他們隨時出兵，那等於表示齊國將名存實亡了。

他突然想起當年郤克等四名使節來齊國時，那時他一心想讓母后快樂，沒想到他的惡作劇如此傷人。更沒想到時隔多年，如今他，甚至整個齊國，要付出這麼慘痛的代價，他真是後悔莫及！怎麼辦？

他找來齊國能言善道的使節，前去魯國和衛國遊說，只要他們說服郤克休戰，齊國願意歸還所有以前侵占的土地。又派最受倚重的大臣國佐與郤克談判。郤克斷然拒絕，他想趁勢滅齊國。但魯國、衛國只想要回自己原有的國土，加上晉景公也覺得這次戰役已經消滅齊國爭霸的野心，無須再戰，郤克也只好休戰。

戰敗後，齊國歸還魯、衛國的領土，所剩的國土變少了，國勢也漸漸衰弱。痛定思痛的齊頃公變得謙虛好禮，施行仁政，體察民情，重視民生問題。

只是這一切為時已晚，齊國國力逐漸破敗了。

何方妖怪，我要懲罰你

一夜暴風雨交加。

「叩叩叩！叩叩叩！」穿著蓑衣的一名老者和兩名貌似家丁的男子，站在一小屋前，他們身後有一頂轎子。

「誰？」開門的男子，撐著一把油傘，穿著一襲家居袍子，長相端正，炯炯雙眼帶著幾分銳氣。

「請問壽光侯道長在家嗎？我有急事相求。」

「貧道正是。外面風雨太大，請快快入內細說。」

「人命關天呀！我在此快快說即可。我是同鄉王員外府內的管家，我家夫人多日來被鬼怪纏身，天天鬧瘋病無法入睡，弄得全家雞犬不寧。老爺獲知道長法術高明，能除妖斬怪，特別派我來請求幫助。轎子已備好了，求求宅心仁厚的道長，快快隨我前去救救夫人。」暴雨中，管家和家丁一再打躬作揖，態度相當誠懇。

壽光侯抬頭看看惡劣天氣，說：「遇到這種狂風暴雨夜，雷神、雨神、風神三神降臨的時刻，識相的鬼怪應該不敢出來作怪。你們先回去觀察三日，如果今夜你家夫人能一夜好眠，平常日子仍鬧瘋病，你們再來找我除妖。如果她連三天一樣瘋癲，那你們應該去找大夫看診開湯藥。」說完，壽光侯關門送客。

老管家無奈，只好回府回報。

過了三天，管家又帶家丁前來，壽光侯二話不說坐上轎，前去王府。一進大門，他左持八卦鏡，右拿桃木劍，從大廳一路走向夫人寢房。此時寢間內的員外夫人披頭散髮、衣衫不整，躺在地上滾來扭去的。

壽光侯口念咒語，手握桃木劍直指員外夫人，大聲怒斥：「何方妖怪，我要代替老天懲罰你！」原先在地上瘋癲扭動的夫人，突然縮到牆邊，兩眼射出怒光瞪著壽光侯，張口吐舌發出「嘶嘶」的怪聲，隨後一條粗黑影

子從夫人身上竄出，正準備破窗逃走。「咻——」一聲，桃木劍化成一道黃燦燦的金光刺穿黑影。

濃黑的血液從黑影流下，黑影掙扎鑽過窗口，漸漸萎縮現出原形，在場的人一看嚇壞了，原來是一條幾丈長的大黑蛇怪。蛇怪慢慢爬向門外，員外立刻央求壽光侯快快追出剷除牠。壽光侯說：「蛇怪無端傷害婦女，罪不可赦。我重重懲罰牠了，牠活不過一炷香的。我先安定員外夫人心神。」

不久，員外家丁進來通報，那條大黑蛇已死在門口了。

數月後，壽光侯到另一村莊探望好友，遠遠看見好友早就在路邊等他。一見面，壽光侯作揖道：「老朋友何必客氣，特地前來等候。」朋友面有愁容說：「來迎你是應該的，更重要的是，我特來帶你繞路進村莊。」

「為何要繞道？」

「哎呀！進村莊路口的那棵大樹著魔了，只要在那棵樹下停留過的人都會死，連從樹椏飛過的鳥，也會突然死亡掉落。現在大家都不敢靠近老樹，我們進出村莊都要繞遠路，避過那棵著魔的老樹。」

壽光侯聽了很納悶，那棵千年老樹，約要兩三人合抱，盤根錯節，枝葉茂盛，樹形莊嚴頗有靈性，是這村莊的重要地標，不少人每次經過都會在樹下禮拜和歇息，怎會著魔呢？

「這其中必有蹊蹺，我且去大樹邊看看。」

「要小心喔，最近已經死了不少村民了。」

「別擔心！我有幾分法力，降魔除妖綽綽有餘。」

好友知道壽光侯行事一向謹慎，且他法力高強，若能破解妖魔，也可讓村民安心。

他們來到離樹百步處，壽光侯說：「你在此等候，我去去就來。」

壽光侯獨自在老樹周圍繞了幾圈，明明風和日麗，老樹卻枯枝落葉掉滿地，不像以往有精神。法力高強的他，馬上知道，並非老樹神著魔，而是有妖物霸占老樹作怪。這妖怪不只害死無數無辜百姓和飛禽，還嫁禍老

樹，真是罪大惡極。

他立刻在大樹周遭念起咒語，焚燒紙符，四周瞬間煙霧瀰漫，壽光侯站在煙霧中，手持七星寶劍刺向老樹幹，大吼一聲：「何方妖怪，我要代替老天懲罰你！」只見大樹顫抖幾下，樹上枯枝枯葉都應聲落地。接著，壽光侯拿出法鞭甩向一段橫出樹幹並厲聲下令：「妖孽！你濫殺無辜，禍延樹神，罪不可赦，命你明日午時前自絕於此處。」說完，壽光侯走向他的朋友，身後的煙霧漸漸消散。

隔天，壽光侯告別好友還家，經過那棵大樹時，一大群村民指著那棵大樹議論紛紛。大家看到壽光侯，立刻圍過來向他致謝。壽光侯走近大樹一看，昨天他甩法鞭處，一條幾丈長的死蟒掛在上面。更令他喜悅是，老樹叉椏處正抽出一點點新綠。他微笑拍拍老樹，揮別村民，踩著輕快腳步回家。

壽光侯為民除妖降魔的事蹟，慢慢傳遍全國。漢章帝聽到民間有此位斬妖除魔的高明道士，深表懷疑：「也只不過湊巧處理幾樁怪事而已，他真能辨識鬼魅嗎？讓我來試探他。」

於是特地命人把他召進京城。

「聽說你法力無邊能斬妖除魔，是真的嗎？」壽光侯謙虛回答：「只是修道人為人民盡綿薄之力而已。」漢章帝說：「我宮裡最近也出現怪事，每到半夜，經常會看到幾個穿著紅衣，披頭散髮，似人似鬼的東西，一個跟著一個身上有火苗，在宮殿裡飄來走去，派人去抓，每次都一晃眼就不見，你能制服它們嗎？」

「啟稟陛下，聽起來這是小鬼魅，應該可以很快消除。」

當天夜裡，正如章帝所言，紅衣鬼隨著鬼火，在宮中飄來飄去。壽光侯立刻開壇畫符咒後，大喊一聲：「何方妖怪，我要代替老天懲罰你！」說著，將符紙扔向宮殿裡，只見鬼魅一個個倒地，不再動彈，壽光侯拿起拷鬼棒，正要擊斷鬼魅最後一口精氣。章帝嚇得大叫：「別打了，他們是人，不是妖孽啦，我只是用這幾個人來試驗你的法術而已。你趕快把他們叫醒呀！」原來被一國之君愚弄了，壽光侯心生一計。

「啟稟陛下，要解除法術不難，但他們的三魂七魄開始飄出了，需要有純厚靈性之人，為他們擋下，陛下願意嗎？」「當然呀！人命關天，一定要把人救回來。」壽光侯一面念咒語，一面要章帝來回不停的按壓三個假鬼魅的天靈蓋，弄得章帝雙手又痠又麻，卻不敢喊累。如此經過三個時辰，假鬼魅終於甦醒過來。

壽光侯拜別章帝，謝禮不取，就飄然離去。走出殿外，他回頭望著皇宮，仍有慍色：「尊貴君王豈可戲弄道術，應給予一些懲戒。」

隔天，章帝兩手疼痛難挨，腫脹了三天無法上朝，他終於領悟到，道家法術是不能隨便開玩笑的。

搜神故事集2：
乘龍飛天的鑄劍師

文｜李明足
圖｜林鴻堯
美術設計｜劉蔚君
校對｜歐秉瑾

叢書主編｜周彥彤
叢書編輯｜戴岑翰
副總編輯｜陳逸華
總 編 輯｜涂豐恩
總 經 理｜陳芝宇
社　　長｜羅國俊
發 行 人｜林載爵

聯經出版事業股份有限公司
地　　址｜新北市汐止區大同路一段 369 號 1 樓
電　　話｜(02)86925588 轉 5312
聯經網址｜www.linkingbooks.com.tw
電子信箱｜linking@udngroup.com
印　　刷｜文聯彩色製版印刷公司印製

初　　版｜2022 年 12 月初版
定　　價｜390 元
書　　號｜110072402
I S B N｜978-957-08-6686-5

行政院新聞局出版事業登記證局版臺業字第 0130 號

國家圖書館出版品預行編目資料

搜神故事集2：乘龍飛天的鑄劍師/李明足著．
林鴻堯繪．初版．新北市．聯經．2022年12月．264面．
17×21公分（孩子的經典花園）
ISBN 978-957-08-6686-5（平裝）

859.6　　111020562